且讀

……

10

赵丽宏

散文精读

赵丽宏 著

浙江人民出版社

图书在版编目（CIP）数据

散文精读．赵丽宏 / 赵丽宏著． —杭州 ：浙江人民出版社，2018.6（2021.10重印）

ISBN 978-7-213-08781-3

Ⅰ．①散… Ⅱ．①赵… Ⅲ．①散文集-中国-当代 Ⅳ．①I26

中国版本图书馆CIP数据核字(2018)第108698号

散文精读·赵丽宏

赵丽宏 著

出版发行：浙江人民出版社（杭州市体育场路347号 邮编 310006）

市场部电话：(0571)85061682 85176516

责任编辑：余慧琴

营销编辑：陈雯怡

责任校对：朱 妍

责任印务：陈 峰

封面设计：观止堂_未氓

电脑制版：杭州天一图文制作有限公司

印 刷：杭州富春印务有限公司

开 本：880毫米×1230毫米 1/32 印 张：8.5

字 数：158千字 插 页：4

版 次：2018年6月第1版 印 次：2021年10月第4次印刷

书 号：ISBN 978-7-213-08781-3

定 价：36.00元

赵丽宏

1	3
2	4

❶ 1980年的赵丽宏

❷ 和小读者在一起

❸ 书画作品《书卷多情似故人》

❹ 书画作品《听琴图》

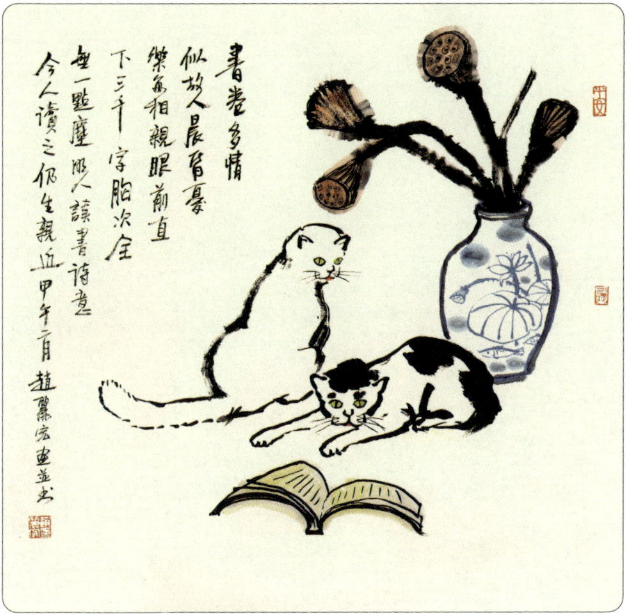
書卷多情
似故人晨昏憂
樂每相親眼前直
下三千字胸次全
無一點塵明人讀書詩意
今人讀之仍生親近 甲午年 月
趙麗宏畫並書

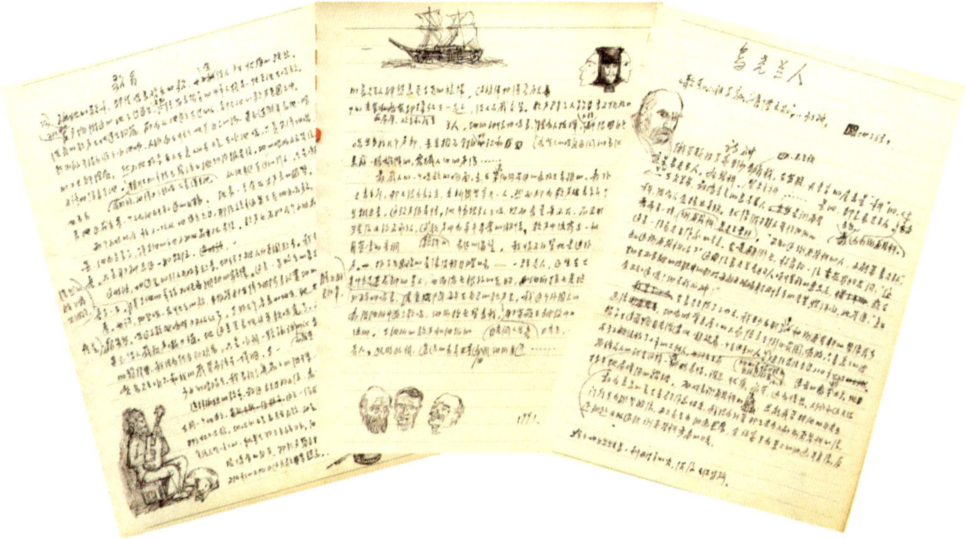

赵丽宏手稿

目录

望　月……002
山　雨……005
学　步……007
给儿子……010
童年的河……017
城中天籁……023
躲进书里……030
天上和人间……038
晶莹的瞬间……042
弦上的河流……046
我的母亲河……050
童年的南京路……053
为你打开一扇门……062
在我的书房怀想上海……066

抒情

人物

亲　婆……074
挥　手
——怀念我的父亲……089
小　偷……100
青　鸟……105
母亲和书……112
顶碗少年……116
在急流中……119
冰心有赠……121
流水和高山……125

游记

炊　烟……134
庐山雪……138
望星空……144
江南片段……147

山湖琴韵……163
周庄水韵……168
雁荡抒情……172
太湖夕照……182
黄河之水……184
异乡的天籁……187
天籁和回声……192
沉船威尼斯……213
晨昏诺日朗……217
丝绸之路上的奇遇……222

光　阴……230
蝈　蝈……232
囚　蚁……235
宽　容……238

与象共舞......241
与时间论道......243
钱这个东西......247
人生是一本书......250
会思想的芦苇......253
莫扎特的造访......256
巍峨的托尔斯泰......258
死是可以议论的......260
假如你想做一株腊梅......264

抒情

望　月

夜深人静，我悄悄地走到江轮甲板上坐下来。

月亮出来了，安详地吐洒着它的清辉。月光洒落在长江里，江面被照亮了，流动的江水中，有千点万点晶莹闪烁的光斑在跳动。江两岸，芦荡、树林和山峰的黑色剪影，在江天交界处隐隐约约地伸展着、起伏着。月光为它们镀上了一层银色的花边……

偶然回头时，发现身边多了一个人，原来是跟随我出来旅行的小外甥。

“是月亮把我叫醒了。”小外甥调皮地朝我眨了眨眼睛，又仰起头凝望着天上的月亮出神了。小外甥聪明好学，爱幻想，和他交谈是一件很愉快的事情。

“我们来背诗好吗？写月亮的，我一句你一句。”小外甥向我挑战了。写月亮的诗多如繁星，他眼睛一眨就是一句。

他背：“少时不识月，呼作白玉盘。”

我回他：“明月几时有，把酒问青天。”

“床前明月光，疑是地上霜。”

“野旷天低树，江清月近人。”

“月落乌啼霜满天，江枫渔火对愁眠。”

“峨眉山月半轮秋，影入平羌江水流。”

……

诗，和月光一起，沐浴着我们，使我们沉醉在清幽旷远的气氛中。

突然，小外甥又冒出一个问题来：“你说，月亮像什么？”

他瞪大眼睛等我回答，两个乌黑的瞳仁里，各有一个亮晶晶的小月亮闪闪发光。

“你说呢？你觉得月亮像什么？”我笑着反问道。

“像眼睛，天的眼睛。”小外甥几乎不假思索地回答。

他的比喻使我惊讶。我好奇地问：“你说说，这是什么样的眼睛？”

小外甥想了一会儿，说：“这是明亮的眼睛。它很喜欢看我们的大地，所以每一次闭上了，又忍不住偷偷睁开，每个月都要圆圆地睁大一次……”他绘声绘色地说着，仿佛在讲一个现成的童话故事。

天边那些淡淡的云絮在不知不觉中聚集起来，一会儿，月光被云层封锁了。“月亮困了，睁不开眼睛了。”小外甥打了个呵欠，摇摇晃晃地走回舱里去了。

甲板上又留下了我一个人。我久久凝视着月亮消失的地方，轻轻地展开了幻想的翅膀……

山　雨

来得突然——跟着那一阵阵湿润的山风，跟着那一缕缕轻盈的云雾，雨，轻轻悄悄地来了……

先是听见它的声音，从很远的山林里传来，从很高的山坡上传来——

沙啦啦，沙啦啦……

像一曲无字的歌谣，神奇地从四面八方飘然而起，并且逐渐清晰起来，响亮起来，由远而近，由远而近……

雨声里，想起了李商隐的诗："萧洒傍回汀，依微过短亭。气凉先动竹，点细未开萍。稍促高高燕，微疏的的萤……"仿佛就是在写我此刻的感觉。雨，使这山中的每一块岩石，每一片树叶，每一丛绿草，都变成了奇妙无比的琴键，飘飘洒洒的雨丝是无数轻捷柔软的手指，弹奏出一阕又一阕优雅的、带着幻想色彩的小曲……"此曲只应天上有"呵！

雨使山林改变了颜色。在阳光下，山林的色彩层次多得几乎难以辨认，有墨绿、翠绿，有淡青、金黄，也有火一般的红色。在雨中，所有色彩都融化在水淋淋的嫩绿之中，绿得耀眼，绿得透明。这清新的绿色仿佛在雨雾中流动，流进我的眼睛，流进我的心胸……

这雨中的绿色，在画家的调色板上是很难调出来的，然而只要见过这水淋淋的绿，便很难忘却。记忆宛若一张干燥的宣纸，这绿，随着丝丝缕缕的微雨，悄然在纸上化开，化开……

去得也突然——不知在什么时候，雨，悄悄地停了。风也屏住了呼吸，山中一下变得非常幽静。远处，一只不知名的鸟儿开始啼啭起来，仿佛在倾吐着浴后的欢悦。远处，凝聚在树叶上的雨珠继续往下滴着，滴落在路畔的小水洼中，发出异常清脆的音响——

叮——咚——叮——咚……

仿佛是一场山雨的余韵。

学　步

儿子，你居然会走路了！我和你母亲永远不会忘记这一天。在这之前，你还整日躺在摇篮里，只会挥舞小手，将明亮的大眼睛转来转去，有时偶尔能扶着床沿站立起来，但时间很短，你的腿脚还没有劲，无法支撑你小小的身躯。这天你被几把椅子包围着，坐在沙发前摆弄积木，我们到厨房里拿东西，你母亲偶尔一回头，突然惊喜地大叫："哎呀，小凡走路了！"我随声回顾，也大吃一惊：你竟然推开包围着你的任何东西，自己走到门口！我们看到你时，你正站在房门口，脸上是又兴奋又紧张的表情。看见我们注意你时，你咧开嘴笑了。你似乎也为自己能走路而惊奇呢。

从沙发到房门口不过四五步路，这几步路对你可是意义不凡，是你人生旅途上最初的独立行走的路。我们都没有看见你如何摇摇晃晃走过来，但你的的确确是靠自己走过来了。当你母亲冲过去一把将你抱起来时，你却挣扎着拼命要下地。你已经尝到了走路的滋味，这滋味此刻胜过你世界里已知的一切，靠自己两条腿走路，就能找到爸爸妈妈，就能达到你想要到达的地方，那是多么奇妙多么美好的事情！

你的生活从此开始有了全新的内容和意义。只要有机会，你就要甩开我的手摇摇晃晃走你的路。你在床上走，在屋里走，在马路上走，在草地上走；你走着去寻找玩具，走着去阳台上欣赏街景，走着去追赶比你大的孩子们……

儿子，你从来不会想到，在你学步的路上，处处潜伏着危险呢。在屋里，桌角、椅背、床架、门，都可能成为凶器将你碰痛。当你踉踉跄跄在房里东寻西探时，不是碰到桌角上，就是碰翻椅子砸痛脚，真是防不胜防。已经数不清你多少次摔倒，数不清你头上曾被撞出多少个乌青和肿块，每次你都哭叫两声，然后脸上挂着泪珠爬起来继续走你的路。摔跤摔不冷你渴望学步的热情。在室外，你更是跃跃欲试，两条小腿像一对小鼓槌，毫无节奏地擂着各样的地面。你似乎对平坦的路不感兴趣，哪里高低不平，哪里杂草丛生，哪里有水洼泥泞，你就爱往哪里走。只要不摔倒，你总是乐此不疲。这是不是人类的天性？在你未来的人生旅途上，必然会遇到无数曲折和坎坷，儿子呀，但愿你不要失去刚学步时的那份勇气。

你开始摔倒在地的时候，总是趴在地上瞪大眼睛望我们，你觉得有点委屈，但很快习惯了，并且学会了一骨碌爬起来，再不把摔跤当回事。那次你沿着路边的一个花坛奔跑，脚下被一块大石头绊了一下。我们在你身后眼看着你一头撞到花坛边的铁栏杆上，心如刀绞，却无法救你——铁栏杆犹如一柄柄出鞘的剑指着天空！你趴在地上，沉默了片刻，才放声哭起来。我奔过去把你抱在怀中，不忍看你的伤口，我担心你的眼睛！好险呀！铁栏杆撞在你的额头正中，戳出一道又长又深的口子，血沿着你的脸颊往下流……

你的额头留下了难以消退的疤痕，这是你学步的代价和纪念。

儿子，你的旅途还只是刚刚开始，你前面的路还很长很长，有些地方也许还没有路，有些地方虽有路却未必能通向远方。生命的过程，大概就是学步和寻路的过程，儿子啊，你要勇敢地走，脚踏实地地走。

给儿子

儿子还小，还不会说话，但是他会哭，会笑，会用一双明亮清澈的大眼睛凝视着你。我和他还不能对话，然而我们之间的交流却是千丝万缕的。我常常信手记下一些感想，我在我的笔记中和我的儿子交谈着……

节　日

今天6月1日，是普天下孩子们的节日。

恰巧，今天你来到这个世界上正好整100天。今天当然也是你的节日，凡凡，我亲爱的儿子。

100天前那个早晨，你突然敲响了进入人世间的大门。你母亲和我都有些惊慌失措，因为离医生们用科学方法测定的分娩之日还有三个星期。产房的大门紧闭着，我只能在门口等，期待你向这个世界报到的哭声。我担心你这人生的第一步就遇到艰难，我心急如焚！可是没有一点办法，只能眼巴巴地等着。此刻，惊涛骇浪和暴风雨包围着你和你母亲，你们坐在一条小舢板上和风浪搏斗，而我却无能为力！我多么想用自己的肩膀一下子撞开那扇大门，让你平平安安地步入人世……在人生的旅途中，我曾经历过无数次痛苦、漫长、令人心焦的等待，然而没有一次等待能和这次相比。我觉得时间凝固了……

终于，产房的大门轻轻打开了一条缝，门缝里露出一张五十来岁的女人的脸，白帽子下面那一双眯着的眼睛里流淌着疲惫的光芒：

“生了，是儿子。”

尽管她的声音似乎不带任何感情色彩，但世界上不可能有比这更激动人心的声音了；尽管她那爬满皱纹的脸上没有多少笑容，但在我的目光中，这是一张最亲切最美丽的脸。儿子呵，是她用双手把你迎进人间，是她向我宣告我已经成了一个父亲，是她为我们全家迎来了一个节日！谢谢她，记住她吧！

产房的门又关上了。可我还是不愿走开，我把耳朵贴在门缝上，想从中听到你的声音。

产房的门又开了。一位年轻的小护士走出来，手中抱着一个白色的蜡烛包。

“是不是我的儿子？能让我看看么？”

见我焦急不堪的样子，小护士笑了。她小心翼翼地打开蜡烛包，一层又一层……

哦，儿子，你父亲的心跳加速了！我有些紧张，我无法想象我的儿子是何等模样。

当你终于出现在我的视线中时，我的眼睛猛地一亮——我看到了你的眼睛，你的一双睁得大大的又黑又亮的眼睛！你用惊奇的目光盯着我，打量着这个陌生的世界……

“这孩子有点特别，一生下来就睁开了眼睛。”小护士说着，抱着你走开了。

喜悦像钱塘江潮一样涌满了我的胸膛。你那最初的目光如同灿烂的阳光，把我的心房照得一片透亮。我是奔着跑着跳着离开医院的，路上的行人用奇怪的目光打量着我，可我毫不在乎。我要到花店去买一束鲜花来放到你母亲的床头，当你躺到母亲的怀抱里睁大着眼睛东张西望时，你会看到这鲜花的。这世界用鲜花迎接你，用鲜花庆贺我们的节日……

凝　视

是的，打从你来到这个世界之后，我们的生活完全改变了样子，一切中心都转移到了你的身上。为了你的吃、喝、拉、穿、睡，你的父母整日整夜都忙着。我再也无法像从前那样静静地坐在台灯下写文章，你母亲更是没有一刻空闲，她瘦了，眼眶下出现了黑晕……

然而我们毫无怨言！你带给我们的欢乐能驱逐一切疲惫烦恼。

是的，我从心底里感激你，我亲爱的儿子。你的降临，使我享受到许多以前从未得到过的欢乐，这是生活的欢乐，也是做人的欢乐，做父亲的欢乐。在我凝视着你的时候，这种欢乐便像温暖的电流一样流遍了我的全部身心……

当你睁大了你那双明亮的大眼睛，定定地看着我，你的明眸中流出来的是世界上最清澈最纯净的泉水，这泉水滋润着我，洗涤着我，安抚着我。在你的清泉中，我感到我的灵魂透明了，我的心灵宁静了，似乎淡漠了所有的欲念，只想被你的清泉淹没、陶醉……

你笑了，浅浅的、淡淡的，既不是大喜，也不是狂欢，只是小嘴微微一翘，嘴角边上出现两个小小的圆圆的酒窝……别人都说你的笑还没有意识，只是一种本能。我却不这样想，你母亲也是。一定是什么事情使你高兴了，是父母的爱？是梦见了未来？……这世界上有许许多多值得欢乐的事情，你笑吧。我知道，你的哭声终于有一天会消失，然而你的笑声却不会失落，笑着面对人生、笑着走向生活、笑着越过坎坷的人是真正的勇者。但愿你成为一个勇者。

哦，儿子，我在凝视你，你知道么？我的目光永远不会离开你。长大成人之后，你或许要远走高飞，去追求你的理想、爱情和事业，然而，你永远走不出父亲的视线，永远……

音　乐

玩具堆得像小山了，可你似乎对这些并不感兴趣，只是毫无表情地看着它们，甚至连看都懒得看，唯独有一件东西例外，那是墙上的一幅彩色照片。每次抱你走过那里，你总是目不转睛地盯着这幅照片看，看着，看着，小嘴一咧就笑了。照片上是一支燃着的蜡烛，烛壳里，斜靠着一把深红色的小提琴，小提琴的上方，是贝多芬的头像浮雕。你难道喜欢上这幅照片了？照片上的烛光远不如窗外的阳光灿烂，小提琴也远不如那些崭新的玩具光鲜，还有那位贝多芬老爷爷，他皱着眉头在沉思，像一头闭目养神的狮子，小孩子怎么会喜欢这模样呢？可你就是爱盯着这幅照片看，你到底在想什么？你母亲说："这孩子，将来兴许要做音乐家呢！"你母亲当然是说笑话。你父亲童年时倒真的做过音乐家的梦，他以为这世界上最美好最奇妙的就是音乐。然而你父亲终于没能做成音乐家。假如，我的未能实现的梦想真能由你来实现，那是何等令人欣喜的事情。不要笑话我的胡思乱想吧，儿子，我知道，父母决不可能为你设计未来，但不管你将来干什么，让音乐做你的好伴侣吧，音乐能使人高尚，能使人纯净，也能使人产生美妙的联想！

于是我搬来一台录音机放到你的枕头边，让音乐时时陪伴着你。我没有儿童音乐的音带，只有贝多芬、莫扎特、肖邦、柴可夫斯基、舒伯特……这都是一些严肃的老爷爷，他们的歌声常常不那么快乐，那些忧伤沉重的曲子，会带给你快乐么？当音乐轻轻地响起来时，你瞪圆了眼睛，仿佛要寻找：这声音来自何方——这些美妙的声音？你起劲地挥动着小手，似乎想捉住声音，但你不能。你有些急了，又起劲地蹬着脚，好像是想赶走这些声音，但你也不能。终于安静下来，你喜欢这些声音了——我知道，从你安静怡然的眼神中……

音乐是一条清澈的河流，拥抱着你，抚摸着你，冲击着你。有一天，你会像一条小鱼，在这条清清的河里自由而又欢乐地游泳的……

儿子呵，墙上那位皱着眉头的贝多芬老爷爷正看着你呢！

思　念

当你不在我身边的时候，朋友们问我："想儿子么？"我回答："想！儿子的形象充满了我的脑海。"

是的，我们已经有过几次离别了，最远的一次，我们之间竟相隔几万公里，你父亲到了地球另一边。儿子呵，你可知道，在异国的土地上，我是如何地思念你！一闭上眼睛，我就看见了你那双亮晶晶的大眼睛，你呀呀地喊着向我挥手——那是在你和你母亲一起送我上飞机时，我远远地看见的你的模样。你可是在祝福我一路平安？晚上入睡之前，细细地在脑海中描绘你，那真是一种莫大的幸福。在梦乡中，我常常遇见你。睡着的时候，我总是以为你就躺在我身边，于是像往常一样，我伸出手想抚摸你，当发现身边是空的时候，我一下子惊醒了，并且猛地跳了起来——我担心你是从床上滚到了地下。知道这是一场虚惊之后，我长长地松了一口气，然而对你的思念却愈加强烈……

儿子呵，不管走到那里，父亲的心总在你身旁。爱，像一条无形的线，系住了我的心，而这条线的另一端，就在你的小手上牵着。

童年的河

童年的记忆，隐藏在脑海的最深层。一个老人，到了弥留之际，出现在眼前的也许还是童年的往事、童年的朋友。

童年的经历，会影响一个人的性格。在形成性格的过程中，童年的一些特殊经历潜移默化地起着作用。想一想童年的往事吧，它们曾经怎样有声有色地丰富过你幼小的生命，滋润过你稚嫩的感情。

有一条河流，陪伴着我的童年。这条河的名字是苏州河，它在江南的土地上蜿蜒流淌，哺育了中国最大的城市。从前，它曾经叫吴淞江，上海人把它称作母亲河。

小时候，我的家离苏州河不远，我常常走到苏州河桥上看风景。天上的云彩落到河里，随着水波的漾动斑斓如梦幻。最有趣的，当然是河里的木船了。我喜欢倚靠在苏州河的桥栏上看从桥洞里穿过的木船。一艘木船，往往就是一家人。摇船的，总是船上的女人和小孩。男人站在船边，手持一根长长的竹篙，不慌不忙点拨着河水。有时水流很急，木船穿过桥洞时，船上的人便有点忙碌。男人站在船头，奋力将竹篙点在桥墩上，改变着船行的方向。他们一面手忙脚乱地与河水搏斗，一面互相大声喊着，喊些什么我听不清楚，但那种紧张的气氛却让人难忘，我也由此认识了船民的艰辛。后来看到宋人画的《清明上河图》，图中也有木船过桥洞的画面，和我在苏州河桥上看到的景象很有几分相似。现在回想起来，我那时没有机会和船上的人说过一句话，只是远远地看着他们，想象着他们的生活。我常常把自己想象成一个生活在船上的孩子，船上有一条狗，温顺地蹲在我的脚边。我也和父母一起，奋力地摇橹，驾驭着木船在急流中穿过桥洞。

记忆中的苏州河常常有清澈的时候。涨潮时，河水并不太混浊，黄中泛出一点淡绿，还能看到鱼儿在河里游动。那时苏州河里常常有孩子游泳。胆子大的从高高的水泥桥栏上跳到河里，胆子小一点的，沿着河岸的铁梯走到河里。孩子在河里游泳的景象多么美妙，小小的脑袋在起伏的水面上浮动，像一些黑色的花朵正在快乐地开放。他们常常放开喉咙在喊叫，急促的声音带着一些惊奇，也带着一些紧张，在水面上跳动回旋。这是世界上最快乐的声音。先是羡慕那些在河里游泳的孩子，他们游泳的姿态，他们在水面发出的欢声。我很想成为他们中的一员。

有一天，在苏州河边上，我见到了可怕的景象。一个孩子在河里淹死了，被人拉到岸上，躺在栏杆边的地上。这是一个瘦弱的孩子，上身赤裸，下身穿着一条破烂的裤衩。看样子，这孩子是在河里游泳时溺水而死的。他侧着身子躺在地上，脸色蜡黄。他曾经在河里快乐地游着，快乐地喊叫着，他曾经是我羡慕的对象。但是他小小的生命已经结束，在这条日夜流动着的活泼的苏州河水里，他走完了他的短短的人生之路。这是我第一次这么近距离地看一个死去的人，但是这溺水的孩子并没有使我对死亡和河流感到恐惧。几年后，我也常常跳进苏州河里游泳，在和流水的搏斗中体会生命的快乐。我从高高的桥头跳入河中，顺流畅游，一直游到苏州河和黄浦江交汇的水面。那时，同龄的孩子没有几个有这样的胆量，他们捧着我的衣服，在岸上跟着我，为我加油。在他们的眼里，我是一个勇敢的人。其实，在波浪汹涌地向我压过来时，我也曾产生过恐惧，也曾想起那个溺水而亡的少年，我在想：我会不会像他一样被淹死呢？不过这只是瞬间的念头，在清凉的河流中游泳的快乐胜过了对死亡的恐惧。

我上的第一所小学就在苏州河边上。在我们上音乐课的顶层教室里，站在窗前能俯瞰苏州河的流水。学校的后门，就开在苏州河岸边。离学校后门不远的河岸边，有一个垃圾码头。说是码头，其实就是一个大铁皮翻斗，平时铁皮翻斗被天天从它身上滑下的垃圾磨得雪亮。这铁皮翻斗，使我想起古时城门前的吊桥，平时翻斗是升起的，运送垃圾时，翻斗放下，成为一个传送滑道，卡车上的垃圾直接从翻斗上滑到停泊在岸边的木船船舱中。这垃圾码头，也曾是我们的游戏场所。我们常常攀上铁皮翻斗，站在翻斗边沿，探出脑袋，俯视河水从翻斗下哗哗地流过。对于孩子们来说，这是很有冒险色彩的奇妙经历。

一天早晨，经过垃圾码头时，我发现码头边围着很多人，而那个曾给我们带来快乐的吊桥，翻进了河里——系住翻斗的两根钢索断了一根。这是一场悲剧留下的痕迹。就在前一天傍晚，一群和我差不多大的孩子，攀到翻斗上玩，他们正欢天喜地在翻斗上蹦跳时，系翻斗的钢绳突然断了，翻斗下坠，翻斗上的孩子全部都被倒进了苏州河。欢声笑语一下子变成了救命的呼喊，那时苏州河边人不多，是河上的船民赶过来救起了落水的孩子们。但是，死神已经守候在这座曾给孩子们带来欢乐的吊桥边上，据说淹死了好几个孩子。几天后，还看到孩子的父母在苏州河边哭泣。而那个肇事的铁皮翻斗，被铁栅栏围了起来。这场悲剧，似乎向人们预示着生活中的乐极生悲和人生的无常。苏州河依然如昔日一般流淌，但从此我们再也不敢去垃圾码头玩了。

那时，苏州河边上多的是仓库和码头，少的是树林。在苏州河边难得见到飞鸟。不过有一只在苏州河边出现的鸟使我无法忘记。那是在无法吃饱饭的年代。一天早晨，我从苏州河边走过，看见一只喜鹊从河面上飞过来，停落在河边的水泥栏杆上。这是一只有着黑白相间的花翅膀的黑喜鹊，它在水泥栏杆上悠闲地踱步，还不时左顾右盼，好像在寻找它的伙伴。我天生对鸟有好感，只要是天上的飞鸟，都是可爱的，哪怕是猫头鹰。在热闹的城市里会出现喜鹊，这实在稀奇。我停住脚步，注视着水泥栏杆上的喜鹊，觉得它美极了。它是那么自由，那么优雅。在苏州河边，难得看到这样的景象。就在我欣赏那只喜鹊的时候，发生了一件令人难以想象的事情。一个头发蓬乱、瘦骨嶙峋的女人，突然从停泊在河边的木船上窜出来，扑上栏杆，把那只毫无防备的喜鹊抓在了手中。那女人一只手将喜鹊握住，另一只手以极快的速度拔光了喜鹊身上的羽毛，大概不到两分钟，那只羽毛丰满的美丽的喜鹊，竟变成了一团蠕动的粉红色肉团。它的嘴里发出惊恐尖厉的鸣叫，拍动的翅膀因为失去了羽翼而显得很可笑。它的羽毛飘落在周围的地上，空中也飞舞着细小的绒毛。那女人的动作之迅疾，简直让人惊诧，她的目光也令人难忘，那是一个饿极了的人看到食物时的表情，目光中喷射出贪婪和急迫。这个木船上的女人，她捕捉这只喜鹊，当然是为了吃，为了充饥，为了让饥饿的生命得以延续。我没有看到她最后如何处置那只喜鹊，被她吃进肚子里是毫无疑问的，至于怎么煮怎么吃，我不想知道。我想在记忆中保留喜鹊在苏州河栏杆上优雅踱步的形象，但浮现在眼前的，却总是那个被拔光了羽毛的粉红色肉团，还有飘舞在空中的羽毛。直到现在，我还记得它挣扎尖叫的可怜样子。

苏州河边的邮政大楼顶上，有一组石头的雕像。那是几个坐着的外国人像，站在地上看不见它们的表情，远远地看去，也只能看出个大概的轮廓，但它们优雅的身体姿态给我留下深刻的印象。小时候在苏州河里游泳的时候，有一次躺在水面上仰望那些雕像，居然看清了雕像们的脸，那是一些神秘的表情，安静、悠闲，它们在天上俯瞰人间，目光中含着淡然的期待，也隐藏着深深的哀怨。“文化大革命”初期，那一组雕像不见了，据说是被人打碎了。那座有着绿色圆顶的大楼，从此就变得单调，抬头仰望时，常常有一种失落的感觉。

前几年，那个古老的绿色圆顶下面，又出现了一组雕像，是不是当年的那组雕像，我不知道。不过仰望它们时，再没有出现童年时看它们的那种感觉。

2003年1月14日于四步斋

城中天籁

在城里住久了，有时感觉自己是笼中之鸟，天地如此狭窄，视线总是被冰冷的水泥墙阻断，耳畔的声音不外乎车笛和人声。走在街上，成为汹涌人流中的一滴水，成为喧嚣市声中的一个音符，脑海中那些清净的念头，一时失去了依存的所在。

我在城中寻找天籁。她像一个顽皮的孩童，在水泥的森林里和我捉迷藏。我听见她在喧嚣中发出幽远的微声：只要你用心寻找，静心倾听，我无处不在。我就在你周围无微不至地悄然成长着，蔓延着，你相信吗？

想起了陶渊明的诗句："结庐在人境，而无车马喧。问君何能尔？心远地自偏。"在人海中"结庐"，又能躲避车马喧嚣，可能吗？诗人自答："心远地自偏。"只要精神上远离了人间喧嚣倾轧，周围的环境自会变得清静。这首诗，接下来就是无人不晓的名句："采菊东篱下，悠然见南山。"我的住宅周围没有篱笆，也无菊可采，抬头所见，只有不远处的水泥颜色和邻人的窗户。

我书房门外走廊的东窗外，一缕绿荫在风中飘动。

我身居闹市，住在四层公寓的三楼，这是大半个世纪前建造的老房子。这里的四栋公寓从前曾被人称为“绿房子”，因为，这四栋楼房的墙面，被绿色的爬山虎覆盖，除了窗户，外墙上遍布绿色的藤蔓和枝叶。在灰色的水泥建筑群中，这几栋爬满青藤的小楼，就像一片青翠的树林凌空而起，让人感觉大自然还在这个人声喧嚣的都市里静静地成长。我当年选择搬来这里，很重要的原因就是因为这些爬山虎。

搬进这套公寓时，是初冬，墙面上的爬山虎早已褪尽绿色，只剩下无叶的藤蔓，蚯蚓般密布墙面。住在这里的第一个冬天，我一直心存担忧，这些枯萎的藤蔓，会不会从此不再泛青。我看不见自己窗外的墙面，只能观察对面房子墙上的藤蔓。整个冬天，这些藤蔓没有任何变化，在凌厉的寒风中，它们看上去已经没有生命的迹象了。

寒冬过去，风开始转暖，然而墙上的爬山虎藤蔓依然不见动静。每天早晨，我站在走廊里，用望远镜观察东窗对面墙上的藤蔓，希望能看到生命复苏的迹象。终于，那些看似干枯的藤蔓开始发生变化，一些暗红色的芽苞，仿佛是一夜间长成，起初只是米粒大小，密密麻麻，每日见大，不到一个星期，芽苞便纷纷绽开，吐出淡绿色的嫩叶。僵卧了一冬的藤蔓，在春风里活过来，新生的绿色茎须在墙上爬动，它们不动声色地向上攀缘，小小的嫩叶日长夜大，犹如无数绿色的小手掌，在风中挥舞摇动，永不知疲倦。春天的脚步，就这样轰轰烈烈地在水泥墙面上奔逐行走。没有多少日子，墙上已是一片青绿。而我家里的那几扇东窗，成了名副其实的绿窗。窗框上，不时有绿得近乎透明的卷须和嫩叶探头探脑，日子久了，竟长成轻盈的窗帘，随风飘动。透过这绿帘望去，窗外的绿色层层叠叠，影影绰绰，变幻不定，心里的烦躁和不安仿佛都被悄然过滤。在我眼里，窗外那一片绿色，是青山，是碧水，是森林，是草原，是无边无际的田野。此时，很自然地想起陶渊明的诗，改几个字，正好表达我喜悦的心情：“觅春东窗下，悠然见青山。”

有绿叶生长，必定有生灵来访。爬山虎的枝叶间，时常可以看到蝴蝶翩跹，能听到蜜蜂的嗡嗡欢鸣，蜻蜓晶莹的翅膀在叶梢闪烁，还有不知名的小甲虫，背着黑红相间的甲壳，不慌不忙在晃动的茎须上散步。也有壁虎悄悄出没，那银灰色的腹部在绿叶间一闪而过，犹如神秘的闪电。对这些自由生灵来说，这墙上绿荫，就是它们辽阔浩瀚的原野山林。

爬山虎其实和森林里的落叶乔木一样，一年四季经历着生命盛衰的轮回，也让我见识了生命的坚忍。爬山虎的叶柄处有脚爪，是这些小小的脚爪抓住了墙面，使藤蔓得以攀缘而上，用表情丰富的生命色彩彻底改变了僵硬冰冷的水泥墙。爬山虎的枝叶到底有多少色彩，我一时还说不清楚。春天的嫩红浅绿，夏日的青翠墨绿，让人赏心悦目。爬山虎也开花，初夏时分，浓绿的枝叶间出现点点金黄，有点像桂花。它们的香气，我闻不到，蝴蝶和蜜蜂们闻到了，所以它们结伴而来，在藤蔓间上上下下忙个不停。爬山虎的花开花落，没有一点张扬，都是在不知不觉之中。花开之后也结果，那是隐藏在绿叶间的小小浆果，呈奇异的蓝黑色。这些浆果，竟引来飞鸟啄食。麻雀、绣眼、白头翁、灰喜鹊，拍着翅膀从我窗前飞过，停栖在爬山虎的枝叶间，觅食那些小小的浆果。彩色的羽翼和欢快的鸣叫，掠过葳蕤的绿叶柔曼的藤须，在我的窗外融合成生命的交响诗。

秋风起时，爬山虎的枝叶由绿色变成橙红色，又渐渐转为金黄，这真是大自然奇妙的表演。秋日黄昏，金红的落霞映照着窗外的红叶，使我想起色彩斑斓的秋山秋林，也想起古人咏秋的诗句，尽管景象不同，但却有相似意境，“树树皆秋色，山山唯落晖”，“山明水净夜来霜，数树深红出浅黄”。

一天，一位对植物很有研究的朋友来看我。他看着窗外的绿荫，赞叹了一番，突然回头问我：“你知道，爬山虎还有什么名字？”我茫然。朋友笑笑，自答道：“它还有很多名字呢，常青藤、红丝草、爬墙虎、红葛、地锦、捆石龙、飞天蜈蚣、小虫儿卧草……”他滔滔不绝说出一长串名字，让我目瞪口呆，却也心生共鸣。这些名字，一定都是细心观察过爬山虎生长的人创造的。朋友细数了爬山虎的好处，它们是理想的垂直绿化，既能美化环境，调节空气，又能降低室温。它们还能吸收噪音，吸附飞扬的尘土。爬山虎对建筑物，没有任何伤害，只起保护作用。潮湿的天气，它们能吸去墙上的水分，干燥的时候，它们能为墙面保持湿度。朋友叹道："你的住所，能被这些常青藤覆盖，是福气啊。"

我从前曾在家里种过一些绿叶植物，譬如橡皮树、绿萝、龟背竹，却总是好景不长。也许是我浇水过了头，它们渐渐显出萎靡之态，先是根烂，然后枝叶开始枯黄。目睹着这些绿色的生命一日日衰弱，走向死亡，却无力挽救它们，实在是一件苦恼的事情。而窗外的爬山虎，无须我照顾，却长得蓬勃茁壮，热风冷雨，炎阳雷电，都无法破坏它们的自由成长。

爬山虎在我的窗外生长了五个春秋，我以为它们会一直蔓延在我的视野里，让我感受大自然无所不在的神奇。也曾想把我的"四步斋"改名为"青藤斋"。谁知这竟成为我的一个梦想。

那是一个盛夏的午后，风和日丽。我无意中发现，挂在我窗外的绿色藤蔓，似乎有点干枯，藤蔓上的绿叶蔫头蔫脑，失去了平日的光泽。窗子对面楼墙上那一大片绿色，也显得比平时黯淡。这是什么原因？我研究了半天，无法弄明白。第二天早晨，窗外的爬山虎依然没有恢复应有的生机。经过一天烈日的晒烤，到傍晚时，满墙的绿叶都呈萎缩之态。会不会是病虫之患？我仔细察看那些萎缩的叶瓣，没有发现被虫蛀咬的痕迹。第三天早晨起来，希望看到窗外有生命的奇迹出现，拉开窗帘，竟是满眼惨败之相。那些挂在窗台上的藤蔓，已经没有一点湿润的绿意，就像晾在风中的咸菜干。而墙面上的绿叶，都已经枯黄。这些生命力如此旺盛的植物，究竟遭遇了什么灾难？

我走出书房，到楼下查看，在墙沿的花坛里，看到了触目惊心的景象：碗口粗的爬山虎藤，竟被人用刀斧在根部齐齐切断！四栋公寓楼下的爬山虎，遭遇了相同的厄运。这样的行为，无异于一场残忍的谋杀。生长了几十年的青藤，可以抵挡大自然的风雨雷电，却无法抵挡人类的刀斧。后来我才知道，砍伐者的理由很简单，老公寓的外墙要粉刷，爬山虎妨碍施工。他们认为，新的粉墙，要比爬满青藤的绿墙美观。未经宣判，这些美妙的生命，便惨遭杀戮。

断了根的爬山虎还在墙上挣扎喘息。绿叶靠着藤中的汁液，在烈日下又坚持了几天，一周后，满墙绿叶都变成了枯叶。不久，枯叶落尽，只留下绝望的藤蔓，蚯蚓般密布墙面，如同神秘的天书，也像是抗议的符号。这些坚忍的藤蔓，至死都不愿意离弃水泥墙，直到粉墙的施工者用刀铲将它们铲除。

“绿房子”从此消失。这四栋公寓楼，改头换面，消失了灵气和个性，成了奶黄色的新建筑，混迹于周围的楼群中。也许是因为居民们的抗议，有人在楼下的花坛里补种了几株紫藤。也是柔韧的藤蔓，也是摇曳的绿叶和嫩须，一天天，沿着水泥墙向上攀爬……

紫藤，你们能代替死去的爬山虎吗？

2010年10月6日于四步斋

躲进书里

不管人世如何喧嚣拥挤，动荡不安，有一个好所在永远可以成为你的避风港，成为一间与尘嚣隔绝的小屋。你可以躲进去，独自面对一个丰富有趣的世界，把烦恼和焦躁忘记得干干净净。

这个好所在便是书。

小时候，一读书便忘记了一切，自己完全成了书中的主人。或忧或怒，或喜或悲，都是情不自禁。有时读着读着，会忍不住笑出声来；有时被书中的情景感动，泪水不知不觉就滴落在书页上。七八岁的时候读《西游记》，总觉得自己就是孙悟空，常常是边读边手舞足蹈，恨不得立时就学会七十二变，变成一只鸟飞到云里去，或者一个筋斗翻出十万八千里，见识一下遥远的世界是什么模样。再大一些读《水浒传》，读《三国演义》，读《东周列国志》，这些书要比课本上学的历史有趣得多。小时候也翻过《红楼梦》，觉得没劲。喜欢《红楼梦》是中学时代的事，一喜欢就读得入痴入迷，一边读一边奇怪：人世间男男女女的感情纠葛，为什么这样复杂？小时候读书从来不管时间场合，无论在什么地方都能读，走路读，吃饭读，睡觉读，上厕所也读……于是旁人便觉得这捧着书忘乎所以的小子有点痴。常常是大人的一声叫喊把我从痴梦中惊醒……

等到“文化大革命”开始后，读书成了一件可怕的事情，因为所有的读书人几乎都成了革命的对象，非批即斗，一个个被整得灵魂出窍，惶惶不可终日。记得有一次，在一条僻静的马路上，看见一群造反队员斗一位大学教授。教授书房里的书籍全都被扔到街上，堆得像一座小山。教授头上戴着一顶高帽子站在书山上，造反队员将书一本一本撕烂了朝教授头上扔。可怜的教授几乎被埋在书堆中。后来造反队员大概觉得这样还不够痛快，又开始烧书，马路顿时成为一条火龙。教授畏缩在路边的围墙下，呆呆地看着自己心爱的书在火光中化为灰烬，脸上老泪纵横……这情景使我想起以前在电影里看到过的镜头：日本强盗在中国放火焚烧民宅，民宅的主人眼睁睁看着烈火吞噬自己的家院，来不及逃走的亲人正在火海中惨叫，然而却无法去救……世界上还有什么比这样的事情更残酷呢？那时烧书似乎成了一种革命的象征，抄家者烧，藏书者自己也烧，街上到处可以看见火光，看见在青烟中飘扬的纸灰。人们把书一捆一捆投到火堆里，看火舌舔着书页，看书籍们化为美丽的火焰，然后变成灰色的蝴蝶，漫天飞舞……这也使人想起办丧事时为死者烧的纸钱，也是这样的火花，也是这样的飞灰……

然而书的吸引力并没有因此而消失。无数代哲人和智者在书中描绘创造的那些博大的世界，不可能被几堆愚昧的火烧毁。从好书中流露出的感情，闪烁着的思想，会像墨彩一样浸染你的心胸，会像子弹一样射中你的灵魂，这样的色彩和弹痕留在心灵中，无论如何也不会消失，它们已经和你的生命融合在一起，没有任何力量能驱除它们。中学时代我很喜欢两本散文诗集，一本是泰戈尔的《飞鸟集》，另一本是鲁迅的《野草》。读这样的书犹如欣赏韵味无穷的音乐，其中的每一段旋律，都可以让你反复回味，时时能品出新的韵味来。那时觉得这两本书很优美，也很神秘。越是神秘，越是想读，直读到能背出其中的许多段落来。“文化大革命”中，《飞鸟集》和大部分文学名著一样，成了应该投到火堆中去的禁书。而《野草》却是极难得的一个例外，因为它的作者是鲁迅。即便是当着那些臂戴红袖章的造反好汉们，也可以堂而皇之地读《野草》。《野草》中的一些文字，甚至成了当时流行的革命语录。譬如：“地火在地下运行，熔岩一旦喷出，将烧尽一切野草……”不过我还是很难将《野草》和那些激昂的政治口号连在一起。这时读《野草》，竟生出许多先前未有过的感想来。我在鲁迅那些优美的文字里，读到的是一个痛苦的、迷茫的、充满幻想的灵魂在苦苦思索……我常常想，倘若鲁迅先生没有那厚厚的十几本著作，只有这一本薄薄的《野草》，他同样是一个了不起的大作家。

到农村“插队落户”时，几乎没有什么书可带，行囊里寥寥几本印刷品中，有一本是《野草》。很多小说往往只能读一遍，看一个故事而已，第一遍觉得新鲜，第二遍便无味了。《野草》这样的书却可以一遍一遍读下去。所以我当时颇有点阿Q地想：我这是“以一当十”“以十当百”。有一次，生产队里开批判大会，我怀揣着那本《野草》，坐在后排的一个角落里。听得无聊，便从怀里拿出《野草》来读。一读进去，周围的喧嚣世界仿佛就不存在了。我再也听不见批判会在开些什么，会场里一阵阵海潮般的口号声也不能把我从书中拽出来。我的耳边只有鲁迅的声音，那是带着浓重绍兴腔的普通话，忧伤的声音，低沉的声音，描绘出一幅幅黯淡却又美妙离奇的画，使我迷醉。我读着《影的告别》，读着《雪》，读着《死火》，读着《死后》，从那些文字中散发出来的情绪，轻轻地拨动着我的心弦。我听见那忧伤而低沉的声音正音乐般地在说：

> 我愿意这样，朋友。
>
> 我独自远行，不但没有你，并且再没有别的影在黑暗里，只有我被黑暗沉没，那世界全属于我自己。

听着这样的声音，我完全沉浸在自己的思想里。突然，有一只大手在我背上重击了一下，于是我猛醒，一下子从书中被揪回到现实之中。现实还是批判会，是一阵口号之后的间歇，会场上出奇的静，静得有些不自然。我发现，自己已经成了周围农民注意的中心，无数双眼睛正默默地瞪着我，就像在瞪着一个怪物。原来，会议主持人刚刚点了我的名。开批判会竟敢开小差，而且是在看一本发了黄的旧书，那还了得！我连忙结结巴巴地声明：

"这……这是《野草》！"

"野草？什么野草？大概是毒草吧！"

"这是鲁迅的书！鲁迅先生！"我不顾一切地大喊道，这是一种出于本能的自我保护的咆哮。

"哦，鲁迅先生，是鲁迅先生？那……那你要向鲁迅先生学习啊！"

主持人的表情一下子缓和下来。尽管我周围的农民们未必知道鲁迅，但是主持人知道。是鲁迅先生救了我！

身边只允许有一本《野草》的文化荒年早已成为遥远的过去。现在，可供选择的好书就像春天的花草一样，多得叫人眼花缭乱。你尽可以在大庭广众之下读任何一本书，不会有一个人来干涉你。不过，真的要找到一本能让我躲进去、沉醉其中而忘记一切的书，就像当年读的《野草》那样的书，并不是一件容易的事。十年前，读欧文 · 斯通的《渴望生活》和亨利 · 戴维 · 梭罗的《瓦尔登湖》时，我依稀又重温到当年读《飞鸟集》和《野草》时的情景。《渴望生活》是画家凡·高的传记，写得充满激情和诗意。画家的命运坎坷而黯淡，然而那种渴求创造的强烈欲望和追寻艺术的执着激情，却使人激动不已。《瓦尔登湖》是一本散文集，书中流露出的那种恬淡，那种对大自然的陶醉，对人生的静静的思索，无不拨动着我的心弦。《渴望生活》是当时的畅销书之一，喜欢的人很多；《瓦尔登湖》知道的人并不多，也许不是人人都有耐心读完它，然而我喜欢。

那时我住在浦东，每天要坐汽车经过黄浦江隧道，费很长的时间到市区上班。在车上的时间特别难熬，车窗外每天重复着同样的风景，尤其是遇到交通堵塞，心里就更加焦躁。这时，倘若有一本好书在手中，便能把漫长的时光化为愉快的瞬间。在公共汽车上读书，只要真的读进去，就能旁若无人，就像在自己的书房里读书一样。任何噪声都不可能干扰我的情绪，有人挤我，有人推我，有人踩我的脚，我都可以木然无知。《瓦尔登湖》就使我在拥挤喧闹的公共汽车上有了一个美妙的藏身之处。有一次，汽车在幽暗的隧道里被堵住了，前面的障碍怎么也排除不了。车窗外，只能看见灰暗毛糙的隧道壁，车厢里，空气混浊，一片抱怨之声。这时，我便从包里拿出那本《瓦尔登湖》来。随手翻开，是那篇《声》。《声》里描绘的是一个极为宁静的世界，那里有山谷，有森林，有飞着的或是唱着的禽鸟，有乡间公路上马车的辚辚声，有“宇宙七弦琴上的微音”似的教堂钟声，有“游唱诗人歌喉”似的牛叫声……当这些声音和每一张叶子和每一枝松针寒暄过以后，回声便接过了这旋律，给它转了一个调，又从一个山谷，传给了另一个山谷……“回声，不仅把值得重复一遍的钟声重复，还重复了山林中的一部分声音，犹如一个林中女妖所唱出的一些微语和乐音……”《瓦尔登湖》中的这些声音，就这样奇妙地在我心里回旋，使我也仿佛成了在瓦尔登湖畔流连忘返、沉醉于美丽天籁中的农夫……《声》之后是《寂寞》，瓦尔登湖畔的寂寞并不是那种可怕的闭塞和孤独，而是一种安闲，一种宁静，一种远离尘嚣的超然。作者在山林湖泊之间独自思索着，“太阳，风雨，夏天，冬天，大自然的不可描写的纯洁和恩惠，他们永远提供这么多的康健，这么多的欢乐！对我们人类这样的同情，如果有人为了正当的原因悲痛，那大自然也会受到感动，太阳黯淡了，风像活人一样悲叹，云端里落下泪雨，树木到仲夏脱落下叶子，披上丧服。难道我们不该与土地息息相通吗？我自己不也是一部分绿叶和青菜的泥土吗……”这样的寂寞，是一种令人神往的寂寞。对于整天在喧嚣和拥挤中忙忙碌碌的现代城市人来说，这样的寂寞是多么难能可贵！寂寞之后是《访客》，于是我又和梭罗一起，在他的林中小木房里，接待许多有趣的人物。我们的客人是淳朴而又聪明的伐木者，是渔夫和猎人，是隐居山林的智者，是一些没有被都市尘嚣污染的健康的人……和这些有趣的人围着红彤彤的炉火，谈天说地，道古论今，是一件多么快乐的事情……就在我兴致勃勃漫步于瓦尔登湖畔时，汽车已经驶出黑暗的隧道，车窗外日光灿烂，周围乘客脸上的愁容已经消失。听到人们的议论时我才知道，刚才，汽车竟在隧道里滞留了整整一个小时！而我居然什么也不知道，只是躲进书里做了一次愉快的旅行。如果没有《瓦尔登湖》，这黑暗的一个小时将会多么漫长……

我想，今后我的生活内容大概还会有很多变化，然而一件事情是不会改变的，那就是读书。现在，我已有了七八个书橱，大概有好几千册书吧。要想把所有的书都读一遍，几乎不可能。于是我常常站在书橱前，慢慢地扫视着那一排排五彩斑驳的书脊，心里在想：今天，我能躲进哪一本书中去呢？

1993年春

天上和人间

那是一个秋日的下午，我身在塞尔维亚。贝尔格莱德的国际书展，新书如斑斓秋叶，在眼帘中缤纷闪烁。我被人簇拥着漫步在争奇斗艳的书柜之间，有点惶然失措，不知看什么书才好。那些用我不认识的文字印成的书籍，对我来说好比天书，看不懂。而这个国际书展上，也有我的一本小书要首发，这是一本被翻译成塞尔维亚文的诗集《天上的船》。我跟着这本诗集的译者，塞尔维亚前文化部长、诗人德拉根先生，穿行在书海和人流中。要在茫茫书海中找到为我举办首发式的场地，不是一件容易的事。

走过一排书柜时，我似乎听到一个女人的声音从地下传来："Mr. Zhao！ Mr. Zhao！"这声音细微而清晰，仿佛是来自很深的地底下。"Mr. Zhao"，难道是在和我打招呼？周围并没有熟悉的人。那声音不停地从地下传来，竟然还是我的名字。

我循声低头看去，不禁吃了一惊。在一个书柜下面，有一位佝偻成一团的女士，坐在一辆贴地而行的扁平轮椅上，正仰面和我打招呼呢。

这是一个高位截肢的残疾妇女，她没有双腿，小小的躯干举着一颗大大的脑袋，还有一双挥动的手。她费力地抬头看着我，瘦削的脸上，两只深陷的眼睛中闪烁着清亮的光芒，这目光使她的表情显得快乐而开朗。她看到我注意她，咧开嘴笑了笑，随后吐出一连串我听不懂的语言。看她激动兴奋的样子，我感到莫名其妙。她在对我说些什么？

站在我身边的德拉根先生却跟着这位女士一起激动起来。他告诉我："这是一位诗歌爱好者，她从国家电视台的新闻节目中看到你，她祝贺你在斯梅德雷沃获得金钥匙国际诗歌奖呢。她说，她听到你用中文朗诵诗歌了，很动人。她很高兴是一个中国诗人获得这个奖，她全家人都为此高兴。"

德拉根为我翻译时，她还在继续说着。德拉根俯身问了她几句，抬头对我说："她说，她正在读你的诗呢。"

我低头凝视这位没有双腿的女士，看着她真挚的微笑和兴致勃勃的表情，她的声音如同从地下涌出的喷泉，在我的耳畔溅起晶莹的水花。我无法用言语描述我的惊奇和感动。这位活得如此艰辛的残疾女士，居然还有兴致关心诗歌，居然还能从人群中认出我这个外国人，并呼叫出我的名字，实在不可思议。只见她从轮椅边挂着的一个小包中拿出一本书，蓝色的封面上，海浪汹涌，白云飞扬，这正是我在这里刚刚出版的诗集

《天上的船》。

她请我为她签名。我俯下身子，在诗集的扉页上写下“宁静致远”四个字。她看着这些她并不认识的汉字，脸上露出满足的微笑。

我们离开时，她的声音继续从后面的地下传过来。我不忍回头看她。德拉根叹了口气，感慨道：“她在为你祝福呢。”

我在人海中往前走着，去寻找举办诗集首发式的场地。我的心情突然变得有点沉重。她的模样和声音，在我的眼前晃动……我不知道她是什么人，不知道她为什么原因残疾，不知道她的生活状况，不知道她如何面对残酷的现实。她的生存，也许是一个传奇，也许是一个辛酸的人间悲剧。然而毫无疑问，这是一个热爱生命的人，她在为诗而迷醉的时候，生命在她的眸子里燃烧出奇异的光芒。

诗集的首发式，来了不少人。我站在人群前面，目光情不自禁地投向地面，但是没有看到她。首发式很热闹，有人朗诵，有人提问，也有人索要签名……而我的眼前，依然晃动着她残缺的身体，还有那双闪烁着清亮光芒的眼睛。我的耳畔，久久回旋着她来自地下的声音，我想，这样的声音，和很多不同的声音混合，交织着人间的悲喜忧乐。这是人间的声音。

诗人可以坐上飞翔的船，去逐云追月，自由翱翔于奇思妙想的天空，然而不可能飞离人间。和心灵联系的，应该是脚下的大地，是生活着的人间。来自人间的声音，才是诗的灵魂和根。

2013年12月7日于四步斋

晶莹的瞬间

那天下午，正在听肖邦的一段钢琴夜曲，弹奏者是钢琴大师鲁宾斯坦。飘逸澄净的音符优美地蹦跳着、流淌着，在我周围的空间发出晶莹透明的回声。琴声徐缓，如歌如诉，尽管优美，但谁也不能否认蕴藏在这歌声中的忧伤，这淡淡的美丽的忧伤轻轻叩击着听者的心情，使人如历梦幻，眼前仿佛出现许多遥远而迷人的故事，你是这些故事中的人物，你在这些故事中流浪，在这些故事中飘飞……人们把肖邦的钢琴曲比做抒情诗，实在不是夸张，文字构筑的诗歌永远无法传达出这样的意境。

突然地，外面就下起雪来。当听到窗外有人在惊叫时，纷纷扬扬的雪花已经飘满了天空。雪花，是那么密集，那么大，明亮的天空几乎被它们遮盖了，变得混沌而灰暗，远方的楼房和树都消失了轮廓。这是真正的“鹅毛大雪”，是我们这个城市许多年来未见到过的雪。令人惊奇的是，这场雪毫无预兆，事先并没有寒冷的北风呼啸，也没有浓重的乌云笼罩，不久前，还是阳光灿烂。它们降临得那么突然！

雪无声地飘着，无声地落到了大地上。此刻，肖邦的钢琴夜曲依然在我的周围鸣响，钢琴的韵律和雪花的飘舞，似乎非常协调，仿佛是琴声在应和着飘飞的雪花缓缓流动，又像是雪花追随着钢琴的旋律翩然作舞。于是，我眼前的雪花便有了奇妙的声音，有了叮叮咚咚的脚步声。我凝视着窗外的雪，凝视着飘飞在天地间的这些洁白自由的自然精灵，记忆中一些和雪有关的情景便浮现在眼前。

许多年前，我还是一个刚踏出中学校门的小青年，命运就把我抛向陌生的异乡。也是在春节过去后不久的一天，我告别父母，孤身一人坐上了北去的列车。火车离开上海不远，就下起了大雪。这是我一生中遇到的最大的一场春雪，雪花铺天盖地落下来，很快就覆盖了大地，从车窗里望出去，白茫茫一片，初春的江南，变成了一个银色的雪世界，铁轨消失了，铁路两边的电线上也积满了雪，木头的电线杆竟然难负其重，纷纷倒伏在路边。火车不得不停下来，停在远离车站和城镇的雪原之中。当时，在我的眼里，这场雪没有任何美感，我感到冷，感到茫然，感到命运正通过这一场突然降临的大雪，向我发出了严峻而不祥的预兆。车窗外，看不到人，看不见路，只有雪花在灰色的天空中飞扬……车厢里一片抱怨声，然而抱怨也没有用，火车被困在雪地里，谁也没有摆脱困境的回天之力。在我周围烦躁不安的乘客中，只有一个人情绪与众不同，别人怨天尤人，她却欢天喜地；别人唉声叹气，她却又唱又笑。这是坐在我对面的一个七八岁的小姑娘，她趴在车窗前，惊喜地看着窗外的大雪，嘴里大声地唱着："雪花雪花，白白的雪花，像盐像糖，亮亮的雪花……"她的歌单纯而滑稽，我从来没有听到过这样的歌，以前没有听到过，以后也再没有听到过，我想这也许是小姑娘的即兴创作。我看着这小姑娘，听着她的歌，竟忘记了面临的困境。小姑娘由她的母亲带着，她母亲是个三十来岁的少妇，穿着朴素，神态安详，她微笑着注视快乐的女儿，女儿的快乐也感染了她，她微笑着，耐心地回答女儿提出的关于雪的一个又一个问题。她回答不上时，小姑娘就来问我，看着她天真活泼的脸庞，我无法拒绝她，我尽自己所能，尽量回答她的提问……我们的列车在原野中停了整整一天，那小姑娘一直兴致勃勃，用她的歌声和笑声给周围的人带来了快乐。晚上，这一对母女互相依偎着安然入睡，我凝视着她们，就像凝视一尊表现母爱和童真的美妙雕塑，她们对生活充满了美丽的期望，即便面对着使旅途中断的冰雪。回想起来，我和这对母女才讲了不多几句话，但她们却像茫茫雪原中一盆温暖的炭火，驱散了我的孤独忧虑和烦躁。第二天早晨，火车开动了，我很快就到达了目的地。在陌生的土地上，在白茫茫的雪原中，我踏出了走向社会和生活的第一行脚印。当我在雪地里艰难地寻找着道路时，心里一直响着那单纯明朗的歌声："雪花雪花，白白的雪花，像盐像糖，亮亮的雪花……"

就在我沉浸在遥远的往事中时，窗外的大雪已经消失。在暖风中，这场大雪居然没有留下任何痕迹，只是屋顶和路面有些潮湿。那漫天飞舞的鹅毛大雪，突然地来，又突然地去，犹如稍纵即逝的梦幻。而肖邦的钢琴夜曲，依然在我的周围鸣响，仿佛是那场大雪不绝如缕的美妙余韵。这早春的鹅毛大雪，尽管只是瞬间的闪现，但我很难忘记它们带给我的遐想。我想，在喧嚣的生活中，有这样宁静诗意的奇妙片刻，是多么好。

弦上的河流

有一条河流，永不枯涸地在我的心头流淌……

《D大调小提琴协奏曲》作品第61号，这是贝多芬的小提琴曲中最精彩的一首。如果要我为世界上所有的小提琴协奏曲排名次，我会毫不犹豫地将它排在第一位。人间可能产生的深挚的感情和绮丽的遐想，在这部作品中都能感受到。我无法想象，贝多芬是在怎样的一种心情下写出了这部作品，高亢和低沉，欢乐和悲伤，明朗和阴郁，同时出现在他的旋律中。如果把这部作品比作一幅画，那么，这幅画把阳光和乌云、暖雨和冰雪、微飔和风暴融合在一起，这是奇妙而自然的融合，水乳交汇，天衣无缝。不管在什么情绪中听这部作品，我的心灵都会产生强烈而悠远的共鸣。

记得在“文化大革命”前，我有一张唱片，是匈牙利小提琴家西格第演奏的这首曲子。唱片非常旧，但声音基本没有变。在那台老式的电唱机里，我能够感受到贝多芬无与伦比的才华，也能感受到西格第的陶醉和激情，还有他那无懈可击的技巧。“文化大革命”中，我常常在无人的夜间，一个人偷偷地打开唱机放这张唱片，这是一件很刺激，也很快乐的事情。后来，斯特恩来中国访问时，我曾经听过他拉这首曲子，但感觉远不如在黑暗的夜间一个人偷偷地听唱片那样美妙。在那场演出中，斯特恩拉错了好几个音符，因为对这首曲子熟，所以他的错误我听得一清二楚。我想，大概是斯特恩老了。后来梅纽因来中国，我也听他拉过这首曲子，感觉还不如斯特恩。我相信，他们年轻时，都曾经把这首曲子拉得精确而又辉煌，就像西格第年轻时在那张旧唱片中拉的那样。不同的人，不同的感情，不同的手，不同的提琴，会使同一首曲子产生不同的效果。然而没有人能够篡改贝多芬的D大调。一个再纤弱的人，沉浸到它的旋律中时，也会变得激情洋溢。我也听过韩国的女小提琴家郑京和拉的这部作品，尽管没有西格第的雄浑和奔放，但她表达出的激情同样光彩四溢。听她的演奏时，我眼前出现了贝多芬雄狮般俯视着大地的沉思的表情，也出现了一双灵巧地操持着琴弓的纤纤玉手，两者的反差是如此强烈，但他们却统一在回旋飞扬的小提琴旋律中，统一在跌宕起伏的D大调中……

台湾小提琴家林昭亮，是我遇到的第五位拉贝多芬D大调的小提琴家。在音乐厅里听他演奏，使我受到了以前未曾有过的震撼。那时林昭亮才二十来岁，但他已经有了大师风范。他站在台上，站在庞大的交响乐队前，那神情却是目空一切，只有小提琴上的四根弦，在他的视野和灵魂中延伸。他不假思索地拉着，D大调仿佛是从他的心里涌出来，通过小提琴的四根弦，流向辽阔的空间。D大调的第一乐章中，有一大段小提琴独奏的华彩乐章。这时，交响乐队隐退了，只剩下一把提琴，在寂静中深情地鸣唱，然而这不是孤独的声音，而是一个清澈透明的灵魂，面对着美妙的人生，面对着清新的大自然，面对着他的善良真诚的朋友们，毫无遮掩地独自倾吐出他心中的激情。这种激情，是悲欢交织的激情，是充满了憧憬和向往的内心独白。拉这段华彩时，我看到林昭亮闭上了眼睛，完全沉浸在琴声里。这时，站在我面前的是一个抵达了人生的美好境界，也经历了人世沧桑的诗人，从四根琴弦上流出的，是神奇的诗行……

我曾经以为，从此以后，我大概再也听不到更精彩的D大调了，林昭亮已经把贝多芬这一段绮丽曲折的梦想发挥到了极致，然而我终于发现我错了。最近，有朋友送我一张CD，也是贝多芬的《D大调小提琴协奏曲》，演奏者是海菲斯，法国指挥家明希指挥庞大的波士顿交响乐团为他伴奏。以前听过不少海菲拉的小提琴曲，却没有听到他拉贝多芬的D大调。这张CD，我连续听了三遍，海菲斯不仅使我陶醉使我震慑，而且完全把我征服了。这是我听到的最为完美的D大调，该磅礴处气势汹涌，该精微处委婉百转，雷声和微风，咆哮和叹息，呐喊和歌吟，气象万千地在弓弦交吻中产生。我的感觉是，这一曲D大调，已经在海菲斯的心灵深处珍藏酝酿了很久，这样的珍藏和酝酿，使贝多芬的旋律成为他自己的生命和情感的一部分，此时此刻，他终于抑制不住内心深处的感情涌动，一发而不可收……

有意思的是，海菲斯的这场演出，是六十年代中期的录音，距今也有三十来年了。他在录制这张唱片时，正是我躲在我的小黑屋中偷偷地听西格第的时候。美好的音乐，生命力是多么强大，一代又一代人，一双又一双手，从不同的琴弦上弹拨出同一条河流。这条奔涌的河流漫过了岁月的疆域，超越了国界的藩篱，使无数人徜徉其中，飘游其中，陶醉其中，感叹生命的多彩和世界的奇妙。而这条河流的源头，出自伟大的贝多芬。

我的母亲河

人们聚集在江河畔，靠水为生，以水为路。水的流淌，犹如生命繁衍和律动。水的波光，映照着人间的哀乐疾苦。江河犹如母亲，哺养了城市。

上海有两条母亲河，一条是黄浦江，一条是苏州河。黄浦江雄浑宽阔，穿过城市，流向长江，汇入海洋，这是上海的象征。而苏州河，虽是黄浦江的一条支流，但她和上海的关系却似乎更为密切。她曲折蜿蜒地流过来，流过月光铺地的沉睡原野，流过炊烟缭绕的宁静乡村，流过兵荒马乱，流过饥馑贫困，流过晚霞和晨雾，流过渔灯和萤火，从荒凉缓缓流向繁华，从远古悠悠流到今天……

一百多年前，人们就在苏州河畔聚集、居住、谋生，大大小小的工厂作坊，犹如蘑菇，在河畔争先恐后滋生。苏州河就像流动的乳汁，滋润着两岸的市民。在我童年的记忆中，苏州河是一条变幻不定的河。她清澈时，河水黄中泛青，看得见河里的水草，数得清浪中的游鱼。江南的柔美，江北的旷达，都在她沉着的涛声里交汇融合。这样的苏州河，犹如一匹绿色锦缎，飘拂缠绕着城市的胸脯。

我无法忘记苏州河给我的童年带来的快乐，我曾在苏州河里游泳，站在高高的桥头跳水，跳出了我的胆大无畏；我曾投入无声的急流中游泳，游出了我的自信沉着。我还记得河上的樯桅和桨橹，船娘摇橹的姿式仪态万方，把艰辛的生计，美化成舞蹈和歌。我还记得离我家不远的苏州河桥头的“天后宫”，一扇圆形的门洞里，隐藏着神秘，隐藏着往日的刀光剑影。据说那里曾是“小刀会”的指挥部，草莽英雄的故事，淹没了妖魔鬼怪的传说。我还记得河边的堆货场，那是孩子们的迷宫和堡垒，热闹紧张的“官兵捉强盗”，将历史风云浓缩成了孩子的漫画。

少年时，我常常在苏州河畔散步。我曾经幻想自己变成了那些曾在这里名扬天下的海派画家，任伯年、虚谷、吴昌硕，和他们一样，踩着青草覆盖的小路，在鸟语花香中寻觅诗情画意，用流动的河水洗笔，蘸涟涟清波研墨，绘树绘花，绘自由自在的鱼鸟；画山画河，画依山傍水的人物……然而幻想过去，眼帘中的现实，却是浊流汹涌，河上不时传来小火轮的喧哗，还有弥漫在空气里的腥浊……

终于有了像童年时一样亲近苏州河的机会。上海曾举办了一个讴歌母亲河的诗会，请我当评委。组织诗会的朋友说，请你从近处看看今天的苏州河吧。昔日杂乱的堆货场，成了一个现代化的游船码头。踏着木质的阶梯登上快艇，河上的风景扑面而来。先看水，水是黄色的，黄中泛绿，有透明度。远处水面忽然溅起小小的浪花，浪花中银光一闪，竟然是鱼！没有看清楚是什么鱼，但却是活蹦乱跳的水中精灵。童年在河里游泳的景象，突然又浮现在眼前，40多年前，我在苏州河里游泳，常有小鱼撞击我的身体。现在，这些水中精灵又回来了。河道曲曲折折在闹市中蜿蜒穿行，两岸的风光，也使我惊奇。花圃和树林，为苏州河镶上了绿色花边。河畔那些不知何时造起来的楼房，高高低低，在绿荫中争奇斗艳，它们成了上海人向往的住宅区，因为，有一条古老而年轻的河从它们中间静静流过。

生活中有一条江河多好，没有江河，土地就会变成沙漠。江河里有清澈的流水多好，江河污染了，生活也会变得浑浊。苏州河，我亲爱的母亲河，我为她正在恢复青春的容颜而欣慰。一条污浊的河流重新恢复清澈，是一个梦想、一个童话，然而这却是发生在我故乡之城的真实故事。

一个能把梦想变成现实的时代，是令人神往的时代。

童年的南京路

南京路在很多人的心目中几乎就是上海的代名词，是上海热闹和繁华的象征。到上海不走一下南京路，那就像没有到过上海一样。很多电影和摄影作品中拍摄过南京东路上人山人海的景象，从高处俯瞰，南京路上密密麻麻的人头如同夏日麦田里随风摇动的麦穗，给人一种惊心动魄的感觉。这样的景象，只有在南京路才能看到，让人一睹而永难忘却。

而在我的记忆里，南京路却要丰富得多，这是一条斑斓驳杂的路，是一条凝集着中国人悲欢喜怒的路，是一条有色彩、有香味、有音乐、有魔力的变化无穷的路。这条路上，铺满了我童年的缤纷记忆。

童年时，我住在离南京东路不远的北京东路，中间只隔着两条街。南京路是我经常去玩的地方。20世纪50年代，南京路完全保留着旧上海“大马路”的风貌，马路中间是铁轨，有轨电车叮叮当当地开来开去，花六分钱就能从南京路的起点外滩一直乘到静安寺，这是南京路西面的尽头。那时，南京东路的路面不是石头，也不是沥青，是木头的，一块块正方形的木头，整整齐齐地铺在地上，被行人踩得发亮。这些木头，据说都是从国外运来的，它们的年龄比我父亲的年龄还要大。50年代南京路重铺路面时我还记得，那天和几个小伙伴到南京路去玩，正好看到铺路的工人在挖木砖，路上到处是那些正方形的铺路木砖。几个路过的老人翻看着那些木砖，脸上竟是一种惋惜的表情，我还记得其中一位老人的话，他说："可惜了，上海就这样一条木头路，挖掉就没有了。"一个年轻的铺路工人嘲笑他说："这有什么可惜的，旧社会留下来的烂木头，早就该挖掉了。"老人在年轻人的嘲笑声中摇着头走开，马路上镐锤声不绝于耳。这一幕留在了我的记忆中，成为上个世纪新旧时代交替的一个有象征意义的细节。

我最熟悉的，是南京路东头上的那一段。外滩的和平饭店，是南京路的起点。关于这栋大楼，传说很多。一个犹太冒险家，在上海发迹，选择面向黄浦江的宝地建造了这栋巍峨的大楼，以前这大楼就以这位犹太人的名字命名——沙逊大厦，老上海人都知道这大楼，它像一个头戴绿色头盔的西方大汉，雄踞外滩大半个世纪，俯瞰着黄浦江和它周围的楼房，没有一栋楼的高度能超过它。据说它北侧的中国银行大楼设计时本想超过它，造一座上海最高的建筑。但是中国人的设想最终成了一场梦，原因是外国人不同意，他们认为外滩的最高建筑不能是中国的建筑。过去，外滩是英国的租界，是"国中之国"，中国人在这里没有主权。和平饭店，小孩子是走不进去的，我只能在外面仰头看它，也曾围着它兜过几圈，想象当年沙逊如何在这里耀武扬威。要想看清楚这栋大楼，必须站到黄浦江边，它和中国银行的大楼如双峰对峙，是外滩的标志。南京路起点上的另一栋楼房，是一栋红白相间的六层楼房，它的年纪比沙逊大厦更老，距今快一百年了，从前这里是汇中饭店，也是旧上海豪华的大饭店。也许和马路对面的和平饭店相比，它太矮小，太不起眼，童年时，我竟没怎么注意过这栋老房子。

走过和平饭店再往西走，过四川路以后，南京路就越来越热闹了。如果说，南京路的开头有点儿严肃，有点儿空旷，一过四川路，气氛就完全不一样了。从四川路能走进中央商场，那是南京路的延伸。中央商场是一个专门卖便宜货的小商品市场，沿街摆满了各种各样的小摊铺，从吃的用的穿的到大人的工具孩子的玩具，卖什么的都有。令我着迷的是那些电子零件，上小学时，曾经迷恋过矿石机，虽然并不懂其中的原理，根据线路图依样画瓢，居然也装成了一台。里面的零件，当然都是从中央商场里淘来的。在家里的屋顶上装上了自己做的天线，在矿石机上插上耳机，第一次收听到电台的节目时，简直是欣喜若狂。这也是南京路带给我的快乐的一部分。

南京东路河南路口，有几家我最熟悉的商店，一家是老介福绸布店，这是我最不喜欢踏进去的商店，但是跟父母上南京路时，他们常常带我去的就是这家商店。在他们挑选布料时，我就一个人溜到了马路对面的戏曲用品商店。这是一家奇妙的商店，商店的标记是一组彩色的京剧脸谱，橱窗里陈列着各种戏曲服装，还有戏剧人物的模型。我常常在店堂里流连忘返，店里出售的一切，我都感兴趣，从戏剧服装、舞台布景，到京剧老生的胡子和青衣花旦的头饰，从官员的朝靴、帝王的皇冠，到武士的盔甲和十八般兵器。读《三国演义》时，我是从这家商店里认识了关公的青龙偃月刀、张飞的丈八蛇矛和吕布的方天画戟，还有诸葛亮的羽毛扇。在这家商店里，我没有买过任何东西，它就像一个戏剧艺术博物馆，使我长见识、长知识，也引发我很多关于历史和文学的联想。

戏剧用品商店的斜对面，是亨得利钟表商店，这也是一家名店，但钟表和一个孩子的关系不大，我很少走进去。对面还有丽华公司，是一家有两层商铺的百货商店，我常常奉父母之命到这家商店里买各种日用品。丽华公司虽然不小，但在我的印象中却是一家乏味的商店，因为，离它几步之遥，就有好几家使我着迷的商店。除了马路对面的戏剧用品商店，往西再走几步，过了山东路，就是东海大楼。50年代，它曾经是上海专为外国人服务的友谊商店。和一般的商店相比，友谊商店的商品更丰富，尤其是里面那些精美的艺术品，对我非常有吸引力。我常常带着妹妹去友谊商店，商店里的店员不歧视中国人，我们两个衣冠不算太整洁的孩子进商店，并没有谁来阻拦，我们在店里闲逛，在商品橱窗前东张西望，也没有人来管我们。我最感兴趣的，是那些象牙、玉石和黄杨木的雕刻，还有各种风格的国画。记得在店堂里还遇到外国小孩走过来和我们打招呼，可惜我们不懂外语，只能笑一笑作答。后来友谊商店搬到别的地方去了，新的友谊商店成为只对外国人开放的场所，中国人再也不能随便走进去。而原来的友谊商店，变成了一家对我更有吸引力的商店——新华书店。这是当年上海规模最大的一家书店。我成了新华书店的常客，虽然囊中羞涩，没有多少钱买书，但是在书架前站一站，看看书的封面，也是一件美妙的事情。有时候，还可以站在书架边翻阅架子上的图书。书店里有一位头发斑白的老店员，我去的次数多了，他注意到我，看我的眼神中常常流露出和善与鼓励。这使我壮大了胆子站在书店里看书，我觉得他的目光是对我的一种保护。这位老店员，没有和我说过一句话，但我怎么也无法忘记那种亲切和善的目光。可以说，南京路新华书店，是我童年时代的第一个图书阅览室。

有一次过年前夕，父亲带我去南京路，走过书店时，父亲拉着我的手走了进去。这使我感到意外，对父亲来说这实在是难得的事情。父亲对我说："快过年了，去买几张年画吧。"在二楼卖年画和宣传画的柜台前，我看花了眼，父亲说："你喜欢什么，挑两张吧。"结果我挑了一张《刘关张三英战吕布》，画面上刘备、关羽和张飞骑着马把吕布围在中间，吕布毫无惧色，挥动他的方天画戟奋力迎战。这幅画后来在我家的餐厅里挂了一年。在我的记忆中，吕布的英雄气概远胜于刘关张的三人合力，这是这幅年画留给我的印象。父亲选的另一张画小一点，是一幅彩色照片，题目是《和平与友谊》。画面上只有两个人，毛泽东和赫鲁晓夫，两个政治领袖面带微笑并肩坐着，一个在抽烟，一个在喝茶，看上去很友好的样子。这张照片也在我家墙上贴了很长时间，一直到中苏交恶，赫鲁晓夫被国人骂作“赫秃”，父亲才把它从墙上拿下来。在我的记忆里，这幅照片再没有在其他地方看见过。

从新华书店出门再往西走，过山西路，就是朵云轩。这也是一家我喜欢去的商店，它就像一个展示中国书画艺术的博物馆，在店堂里能看到很多名家书画，八大山人、吴昌硕、齐白石、徐悲鸿、傅抱石、潘天寿等国画大师的书画，我都是在朵云轩的店堂里第一次见识到的。虽然都不是真迹，但朵云轩的水印木刻能将国画复制到乱真的程度，能让人从中领略到大师们的笔墨韵致。对店堂里陈列的文房四宝，我也有兴趣，读中学时，曾在这里选购过篆刻刀具和最便宜的青田石章，没有老师指导，自己尝试着刻了不少图章。

童年时代兴趣广泛，凡是涉及艺术的，我都有兴趣。这种兴趣，也许和在南京路上的种种见识有一定关系。比起美术，我对音乐的兴趣更浓。南京路上的乐器商店，也是我经常光顾的地方。离朵云轩不远，有一家寄售商店，也就是俗话说的旧货商店，在那里有一个寄售旧乐器的柜台，可以看到各种各样的乐器，有西洋乐器，也有民族乐器。我对西洋乐器更有兴趣，常常在柜台边上徜徉很久，如果碰到有人选购乐器，拉一下小提琴，吹几声单簧管，甚至只是调试一下琴弦，对我来说都是一种享受。有时确实会遇到水平很高的乐手，听他们在店堂里尽兴试奏，感觉就像在音乐厅欣赏表演一样。在这家寄售商店里，我得到了我的第一把小提琴。我的哥哥知道我做梦也想要一把小提琴，他工作之后，用第一个月的工资到这里为我买了一把小提琴，花了十八元钱。这是一把深褐色的进口旧提琴，琴面上有一条裂缝，但声音却出奇地洪亮。这把小提琴，填补了我的一段音乐梦，也是我们兄弟手足之情的美好纪念。和哥哥一起在店堂里试琴的景象，我至今仍清晰地记得。

那时的南京路上有两座庙，一座是鼎鼎大名的静安寺，另一座庙小一点，叫红庙。静安寺在南京路的西头，离我家远，几乎没有机会去。红庙在南京东路，就在那家寄售商店的斜对面，这其实是一座道观，不过童年时觉得庙都是差不多的。小时候常常到红庙去玩，我不喜欢庙里幽暗阴森的环境和熏人的香烛气味：但却喜欢研究那些形态神情不一的泥塑佛像。红庙的门面在热闹的南京路上，香火自然旺得很，庙里天天有川流不息的男男女女去烧香。记得庙里有一个侧殿供奉着一大群佛像，每尊佛像的造型和表情都不一样，不同年龄的人，都可以找到和自己的年纪对应的佛像。那年我七岁，我也找到了和我的年龄对应的佛像，那佛像瞪大了一双凶狠的眼睛，长着满脸胡子，面目狰狞。站在这尊佛像前，我有点儿害怕，我想，莫非我长大了也会这样难看。还好，那天有一个和我同龄的女孩子，在她母亲的引导下也找到了这尊佛像，看她跪在佛像前烧香，我觉得可笑。不过看着那女孩子眉清目秀的模样，我打消了顾虑。这么好看的女孩，长大了总不会也变成这样的丑八怪吧。看来狰狞的佛像和人间同龄人的相貌是没有关系的。

南京东路上的那四大公司——永安、先施、大新、新新，小时候我跟着父亲都去过，里面的商场什么样印象不深了，在那里看戏听音乐的情景却一直记得。在我的记忆里，这四大公司不是商店，而是游乐场，是孩子们喜欢去的地方。现在的大商场都有孩子的游乐场，大概也是一种受欢迎的老传统的延续吧。

长大以后，对南京路的历史产生了浓厚的兴趣，知道这里的每一幢楼房，每一段道路，都有曲折的历史和辛酸的内涵，曾经有无数人在这里彷徨，在这里呐喊，在这里沉沦，在这里流血，在这里欢呼。我也曾亲眼目睹各种各样的游行队伍浩浩荡荡地从南京路走过，激昂的口号回荡在古老的楼房之间，也曾看到它的缤纷多彩如何被红色和黑色覆盖……

童年记忆中的南京路，已经成为历史，它是上海这个城市历史的一部分。现在的南京路，成了闻名世界的步行街，它依然繁华，依然丰富多彩，依然是上海最重要的标志性街道，它的热闹和丰繁与过去相比有过之而无不及。年轻人走在这条步行街上，感受到的是新时代的气象，历史已经变得模糊而遥远。尽管南京路上发生了很大的变化，但我认为它的骨骼血脉都还留存在那里，它的历史无法被割断，我们这一辈人对它的特殊感情也是不会消失的。正因为如此，南京路才不浅薄，才源远流长，才拥有恒久的生命力。

2003年6月21日于四步斋

为你打开一扇门

世界上有无数关闭着的门。每一扇门里，都有一个你不了解的世界。求知和阅世的过程，就是打开这些门的过程。打开这些门，走进去，浏览新鲜的景物，探求未知的天地，这是一件激动人心的事情，也是一些乐趣无穷的过程。一个不想开门探寻的人，必定会是一个在精神上贫困衰弱的人，他只能在这些关闭的门外无聊地徘徊。当别人为自然和人世间奇妙的景象惊奇迷醉时，他却在沉睡。

世界上没有打不开的门。只要你愿意花时间，花工夫，只要你对门里的世界有着探索和了解的愿望，这些门一定会在你面前洞开，为你展现新奇美妙的风景。

在这些关闭着的门中，有一扇非常重要的大门，这扇门上写着两个字：文学。

文学是人类感情的最丰富最生动的表达，是人类历史的最形象的诠释。一个民族的文学，是这个民族的历史。一个时代的优秀文学作品，是这个时代的缩影，是这个时代的心声，是这个时代千姿百态的社会风俗画和人文风景线，是这个时代的精神和情感的结晶。优秀的文学作品中，传达着人类的憧憬和理想，凝集着人类美好的感情和灿烂的智慧。阅读优秀的文学作品，对了解历史、了解社会、了解自然、了解人生的意义，是一件大有裨益的事情。文学作品对人的影响，是潜移默化的。阅读文学作品，是一种文化的积累，是一种知识的积累，也是一种感情和智慧的积累。大量地阅读优秀的文学作品，不仅能增长人的知识，也能丰富人的感情。作为一个有文化有修养的现代文明的人，如果对文学一无所知，那是不可想象的。有人说，一个从不阅读文学作品的人，纵然他有着“硕士”“博士”或者更高的学位，他也只能是一个“高智商的野蛮人”。这并不是危言耸听。亲近文学，阅读优秀的文学作品，是一个文明人增长知识、提高修养、丰富情感的极为重要的途径。这已经成为很多人的共识。

我曾经写过一段文字，题目是《致文学》。这段文字，是我和文学的对话，表达了我对文学的一些想法。让我把这段文字引在这里，愿它们能引起青少年读者对文学的兴趣。

致文学

你是广袤的大地，是辽阔的天空；你是崇山峻岭，是江海湖泊。你用彩色的文字，描绘出世界上可能存在的一切美妙景象。不管是壮阔雄奇的，还是精微细致的；不管是缤纷热烈的，还是深沉肃穆的，你都能有声有色地展现。你使很多足不出户的人在油墨的清香中游历了五光十色的境界。

你告诉人们，人生的色彩是何等丰富，人生的旅途又是何等曲折漫长。你把生活的帷幕一幕一幕地拉开，让无数不同的角色在人生的舞台上演出激动人心的喜剧和悲剧。你可以呼唤出千百年前的古人，请他们深情地讲述历史；也可以请出你最熟悉的同代人，叙述人人都可能经历的日常生活。你吐露的喜怒哀乐，使人开怀大笑，也使人热泪沾襟……

你是遥远的过去，是刚刚过去的昨天，也是无穷无尽的未来。你把时间凝聚在薄薄的书页之中，让读者无拘无束地漫游在岁月的长河里，尽情地观赏两岸变化无穷的风光。你是现实的回声，是梦想的折光，是平凡的客观天地和斑斓的理想世界奇异的交汇。

有时候，你展现漫长的历史；有时候，你只是描绘一个难忘的瞬间。如果你真实、真诚，如果你是真实人生的写照，是跌宕命运的画像，那么，人们在你面前发出情不自禁的感叹是多少自然的事情。你是一双神奇的大手，拨动着无数人的心弦。你在人心中激起的回响，是这个世界上最激动的声音。人心是无边无际的海洋，这个海洋发出的声响，悠远而深沉，任何声音都无法模拟，无法遮掩。

你是一个真诚而忠实的朋友。你只是为热爱你的人们默默奉献，把他们引入辽阔美好的世界，让他们看到世界上最奇丽的风景，让他们懂得人生的真谛。只要愿意和你交朋友，你就会毫无保留地把心交给他们。你永远不会背叛热爱你的朋友，除非他们弃你而去。

你是一扇神奇的大门，所有愿意走进这扇大门的人，都不会空手而归。而对那些把你当作追名逐利的敲门砖的人，你会把门关得很紧。

在我的书房怀想上海

我在上海生活五十多年，见证了这个城市经历过的几个时代。苏东坡诗云："不识庐山真面目，只缘身在此山中"，很有道理。要一个上海人介绍或者评说上海，有点困难，难免偏颇或者以偏概全。生活在这个大都市中，如一片落叶飘荡于森林，如一粒沙尘浮游于海滩，渺茫之中，有时不知自己身在何处。

有人说上海没有古老的历史，这是相对西安、北京和南京这样古老的城市。上海当然也有自己的历史，如果深入了解，可以感受它的曲折幽邃和波澜起伏。我常常以自己的书房为坐标，怀想曾经发生在上海的种种故事，时空交错，不同时代的人物纷至沓来，把我拽入很多现代人早已陌生的空间。

我住在上海最热闹的淮海路，一个世纪前，这里是上海的法租界，是"国中之国"，城中之城。中国人的尴尬和耻辱，和那段历史联系在一起。不过，在这里生活行动的，却大多是中国人，很多人物和事件在中国近代和现代的历史中光芒闪烁。

和我的住宅几乎只是一墙之隔，有一座绛红色楼房，一座融合欧洲古典和中国近代建筑风格的小楼，孙中山曾经在这座楼房里策划他的建国方略。离我的住宅不到二百米的渔阳里，是一条窄窄的石库门弄堂，陈独秀曾经在一盏昏暗的白炽灯下编辑《新青年》。离我的住宅仅三个街区，中国共产党第一次代表大会在那里召开。从我家往西北方向走三四个街区，曾经是犹太人沙逊为自己建造的私家花园。沙逊来上海前是个籍籍无名的穷光蛋，在这个冒险家的乐园大展身手，成为一代巨贾。从我的书房往东北方向四五公里，曾经有一个犹太难民据点，第二次世界大战期间，数万犹太人从德国纳粹的魔爪下逃脱，上海张开怀抱接纳了他们，使他们远离了死亡的阴影。从我书房往东几百米，有大韩民国临时政府旧址，那栋石库门小楼里，曾是流亡的韩国抗日爱国志士集聚之地。这是一个很有意思的现象，身处水火之中的上海，却慷慨接纳了来自四面八方的异乡游子。

淮海路离我的书房近在咫尺，站在走廊尽头的窗户向南望去，可以看到街边的梧桐树，可以隐约看见路上来往的行人和车辆。很自然地会想起这百年来曾在这条路上走过的各路文人，百年岁月凝缩在这条路上，仿佛能看见他们的身影从梧桐的浓荫中飘然而过。徐志摩曾陪着泰戈尔在这里散步，泰戈尔第二次来上海，就住在离这儿不远的徐志摩家中。易卜生曾坐车经过这条路，透过车窗，他看到的是一片闪烁的霓虹。罗素访问上海时，也在这条路上东张西望，被街上西方和东方交会的风韵吸引。年轻的智利诗人聂鲁达和他的一个朋友也曾在这条路上闲逛，他们在归途中遇到了几个强盗，也遇到了更多善良热心的正人君子。数十年后他回忆那个夜晚的经历时，这样说："上海朝我们这两个来自远方的乡巴佬，张开了夜的大嘴。"

我也常常想象当年在附近曾有过的作家聚会，鲁迅、茅盾、郁达夫、沈从文、巴金、叶圣陶、郑振铎，在喧闹中寻得一个僻静之地，一起谈论他们对中国前途的憧憬。康有为有时也会来这条路上转一转，他和徐悲鸿、张大千的会见，就在不远处的某个空间。张爱玲一定是这条路上的常客，这里的时尚风景和七彩人物，曾流动到她的笔下，成为那个时代的飘逸文字。

有人说，上海是一个阴柔的城市，上海的美，是女性之美。我对这样的说法并无同感。和我居住的同一街区，有京剧大师梅兰芳住过的小楼。梅兰芳演的是京剧花旦，但在我的印象中，他却是个铁骨铮铮的男子汉。抗战八年，梅兰芳就隐居在那栋小楼中，蓄须明志，誓死不为侵略者唱一句。从我的书房往东北走三公里，在山阴路的一条弄堂里，有鲁迅先生的故居，鲁迅在这里度过了生命的最后九年，这九年中，他写出了多少有阳刚之美的犀利文字。从我的书房往东北方向不到两公里，是昔日的游乐场大世界，当年日本侵略军占领上海武装游行，经过大世界门口时，一个青年男子口中高喊“中国万岁”，从楼顶跳下来，以身殉国，日军震愕，队伍大乱。这位壮士，名叫杨剑萍，是大世界的霓虹灯修理工。如今的上海人，有谁还记得他？从大世界再往北，在苏州河对岸，那个曾经被八百壮士坚守的四行仓库还在。再往北，是当年淞沪抗战中国军队和日本侵略军血战的沙场。再往北，是面向东海的吴淞炮台，清朝名将陈化成率领将士在那里抗击入侵英军，誓死不降……

我的书房离黄浦江有点距离。黄浦江在陆家嘴拐了个弯，使上海市区的地图上出现一个临江的直角，这样，从我的书房往东或者往南，都可以走到江畔。往东走，能走到外滩，沿着外滩一路看去，数不尽的沧桑和辉煌。外滩，如同历史留给人类的建筑纪念碑，展现了上个世纪的优雅和智慧，而江对岸，浦东陆家嘴新崛起的现代高楼和巨塔，正俯瞰着对岸曲折斑斓的历史。往南走到江畔，可以看到建设中的世博会工地，代表着昔日辉煌的造船厂和钢铁厂，将成为接纳天下的博览会，这里的江两岸，会出现令世界惊奇的全新景象。一个城市的变迁，缓缓陈列在一条大江的两岸，风云涌动，波澜起伏，犹如一个背景宽广的大舞台，呈示在世人的视野中。

上海的第一条地铁，就在离我书房不到六十米的地底下。有时，坐在电脑前阖眼小息时，似乎能听见地铁在地下呼啸而过的隐隐声响。在上海坐地铁，感觉也是奇妙的。列车在地下静静地奔驰，地面的拥挤和喧闹，仿佛被隔离在另外一个世界。如果对地铁途经的地面熟悉的话，联想就很有意思，你会想，现在，我头顶上是哪条百年老街，是哪栋大厦，是苏州河，或者是黄浦江……列车穿行在黑暗和光明之间，黑暗和光明不断地交替出现，这使人联想起这个城市曲折的历史：黑暗—光明—黑暗—光明……令人欣喜的是，前行的列车最终总会停靠在一个光明的出口处。

不久前，我陪一位来自海外的朋友登上浦东金茂大厦的楼顶，此地距地面四百余米，俯瞰上海，给我的感觉，只能用惊心动魄这样的词汇来形容。地面上的楼房，像一片浩渺无边的森林，在大地上没有节制地蔓延生长，逶迤起伏的地平线勾勒出人的智慧，也辐射着人的欲望……我想在这高楼丛林中找到我书房的所在地，然而无迹可寻。密密麻麻的高楼，像一群着装奇异的外星人，站在人类的地盘上比赛着他们的伟岸和阔气。而我熟悉的那些千姿百态的老房子，那些曲折而亲切的小街，那些升腾着人间烟火气息的石库门弄堂，那些和悠远往事相连的建筑，已经被高楼的海洋淹没……

历史当然不会被随之湮灭。在记忆里，在遐想中，在形形色色的文字里，历史如同一条活的江河，正静静地流动。走出书房，在每一条街巷，每一栋楼宇，每一块砖石中，我都能寻找到历史的足迹。以一片落叶感受森林之幽深，以一粒沙尘感知潮汐之汹涌，我看到的是新和旧的交融和交替。我生活的这个城市，就是在这样的交融和交替中成长着。

2007 年 5 月 18 日于四步斋

人物

亲　婆

人的记忆是一个魔匣，它可以无穷无尽地装入，却不会丢失。你不打开这个魔匣，记忆都安安分分地在里面待着，不会来打搅你，也不会溜走。可是，只要你一打开它，往事就会像流水，像风，像变幻不定的音乐，从里面流出来，涌出来，你无法阻挡它们。

这几天，我突然想起了我的亲婆。亲婆，是我父亲的母亲，也就是祖母。我们家乡的习惯，都把祖母叫作亲婆。

亲婆去世的时候，我刚过十岁。我和她相处，不过几年，而且是在尚未开蒙的幼年，可是，直到今天，将近四十年过去了，亲婆的形象在我的记忆中还是那么清晰。她挪动着一双小脚，晃动着一头白发，微笑着向我走过来，一如我童年时。

亲婆是个很普通的老人，她的一生中大概没有任何惊心动魄的事件，我记忆中的故事和场景，也都平平常常，但我却无法忘记它们。我想，人间的亲情，大概就是这样。

她头上有只猫

我六岁之前，亲婆住在乡下，在崇明岛。我和亲婆之间，隔着一条浩浩荡荡的长江，我觉得她离我很远。

五岁那年，我乘船到乡下去玩。第一次看到亲婆时，我吓了一跳。亲婆的头上，竟然有一只大花猫！那只花猫亲昵地蹲在亲婆的肩头，把两只前爪搭在亲婆的头顶上。那时，我怕猫，尤其是那种有着虎皮斑纹的花猫，它们看上去阴险而凶猛，当它们大睁着绿色的眼睛瞪着我看的时候，我觉得它们的脑子里有很多狡猾残酷的念头，它们把我当作了老鼠，随时会向我扑过来。趴在亲婆头顶上的就是这样一只花猫。这只凶猛的花猫竟不怕我的矮小瘦弱的老亲婆，这实在使我感到吃惊。亲婆看着我，笑着站起来，那只花猫便从她的肩头跳下来，弓着身冲我怪叫一声，消失在阴暗的屋角里。

开始时，我觉得亲婆不可亲近，原因就是那只可怕的花猫。亲婆亲热地伸手摸我的脸时，我本能地往后躲。我想，她喜欢和这么吓人的猫亲热，为什么还要来和我亲热，我甚至觉得她的脸也有点像猫。

亲婆问我：“你怕我？”

我点点头。

亲婆觉得很奇怪，又问：“你为什么怕我？”

我回答："我看见猫爬在你头上。"

亲婆笑起来，她说："哦，我的孙子不喜欢猫爬到他亲婆的头上。"

后来，我发现那只花猫其实一点也不凶，第二天，它就和我熟悉了，看见我，它不再躲开，还会用它那毛茸茸的身体蹭我的脚。

随着那只猫在我心目中形象的渐渐改变，亲婆也慢慢变得可亲起来。

一直使我感到奇怪的是，除了第一次见到亲婆那一次，我以后再也没有见过那只花猫爬到她的头上。也许，亲婆知道我不喜欢看到那猫爬到她头上后，就再也不许猫在自己身上乱爬了。

她的小脚

亲婆年纪要比我大将近七十岁，她的脚却比我的还要小，这是多么奇怪的事情。亲婆的小脚，就是从前女人的那种"三寸金莲"。

那时，我在城里也看到过缠过足的老太太，人们把她们称作"小脚老太婆"。她们走路的样子很奇怪，尤其是疾步快跑的时候，摇摇摆摆，使人觉得她们随时会摔倒在地。我一直感到奇怪，老太太们的脚，怎么会这样小。对于我没有弄清楚的事情，我喜欢发问。现在，有了一个小脚的亲婆，我可以问个究竟了。“你的脚怎么这样小？”我问亲婆。

亲婆正坐着拣菜，我的问题使她有点不知所措。她不愿意解释，又不想被五岁的孙子问倒，就笑着敷衍说：“乡下的女人，生下来就是小脚。”

这样的回答显然很荒谬，因为，站在边上的乡下女孩，脚就比她的还大。

我不满意了，大喊起来：“亲婆骗人！亲婆骗人！”

见我这么喊，亲婆急了，她把我按到板凳上，开始告诉我，从前的女人怎样缠足。她甚至从箱子底下找出了一条长长的缠足布，比画给我看，当年的女人怎样缠足。

这个话题，对亲婆绝不是一个愉快的话题，但是为了满足我的好奇心，她不厌其烦地向我讲解着。

我问她缠足痛不痛。她皱了皱眉头，好像被人打了一下。

“痛不痛啊？”我追着问。

“痛。痛得差点要了我的命。”

“缠小脚又痛又难看，你为什么不把那布条扔掉呢？”我紧追不舍地问她。

“唉，”亲婆叹了口气，“那时我还是个小孩，是大人逼着这样做，没办法的。我偷偷把布条解开过，被打了一顿，布条又被绑上去，还绑得更紧，痛得我死去活来。做女人苦哇……”

我后来才知道，亲婆小时候是“童养媳”，吃了很多苦。回想我小时候这样追问亲婆，逼着她回忆痛苦的往事，真是有点残酷。

在药店门口

我回上海去的前一天，亲婆带我到镇上去。走过一家中药店时，她说要进去买一点好吃的给我带回去。我不喜欢药店，药店的坛坛罐罐里，放着晒干的树叶草根，还有许多奇怪的切成碎片的怪东西。它们怎么会好吃呢？我觉得亲婆是糊弄我，噘着嘴不肯进去。亲婆说：“好，你在这里玩，我去一去就来。”

药店边上有一堵断墙，我躲在墙后面，心里想，你不给我买好吃的，我就让你找不到我。过了一会儿，只见亲婆急急忙忙地从药店里出来，手里拿着一个纸包。她站在药店门口，东张西望了一阵，看不到我的影子，便喊了两声，我偷偷地笑着，不发出声音来。她急了，颠动着一双小脚，朝相反的方向跑去。眼看她走得很远了，我才从断墙后走出来，大声喊：“亲婆，我在这里。”

她转过身来，以极快的步子向我奔过来。走到我身边时，路上的一块石头绊了她一下，她打了个趔趄，差点摔倒。我迎上去一步，扶住了亲婆。她一把拽住我的手，气喘吁吁地说：

“你到哪里去了？把我的老命也急出来了。”看到她这么着急，我觉得很好玩。我好好地在这里，她这么急干吗？

她打开纸包，里面包的不是药草，而是一种做成小方块，在火上烤熟的米糕。她塞了一块在我的嘴里，这米糕又脆又甜，好吃极了。

我这才知道，亲婆没有骗我。我也知道了，世界上原来还有卖这样美味食品的中药店。

她到上海来了！

有一天，父亲问我：“我要把亲婆接到上海来住，你高兴不高兴？”

“亲婆来我们家？”

父亲点点头。

“好啊，亲婆来啦！”我高兴得跳起来。

亲婆来上海，是我家的一件大事。那天下午，阳光灿烂，我和妹妹跟着父亲，到码头上去接亲婆。

亲婆从船上走下来的情景，我记得特别清晰。午后的阳光照在亲婆的脸上，一头白发变得银光闪闪。她眯缝着眼睛，满脸微笑，老远向我们招手。我的两个姐姐一左一右扶着她，慢慢地走出码头。她嫌姐姐走得太慢，甩开了她们的手，三步并作两步向我们奔过来……

出码头后，父亲要了两辆三轮车，他和两个姐姐坐一辆在前面引路，我和妹妹跟亲婆坐后面一辆。我和妹妹一左一右坐在亲婆的两边，她伸手揽住我们的肩胛，笑着不断地说："好了，好了，我们可以天天在一起了。"我和妹妹靠在她身上，兴奋得不知说什么好。亲婆从她的小包裹里拿出两个纸包，我和妹妹一人一包。隔着纸包，我就闻到了烤米糕的香味。

三轮车经过外滩时，她仰头看着那些高大的建筑，嘴里喃喃地惊叹："这么大的石头房子。"我后来才知道，亲婆以前从来没有到过上海。

"亲婆，以后我陪你来玩。"我拍着胸脯向亲婆许诺。

"我这个小脚老太婆，哪里也去不了。"亲婆拍拍我的肩胛，笑着说。

亲婆没有说错，到上海后，她整天在家里待着，几乎从不出门。外滩，她就见了这么一次。我的许诺，直到她去世也没有兑现。

有她的日子

天天有亲婆陪伴的日子，是多么美妙的日子。

在我的记忆里，亲婆像一尊慈祥的塑像。她坐在厨房里，午后的阳光柔和地照在她瘦削的肩头上。一只藤编的小匾篮，搁在她的膝盖上。小匾篮里，放着我们兄弟姐妹的破袜子。亲婆一针一线地为我们补着破袜子。那时，没有尼龙袜，我们穿的是纱袜，穿不了几天脚趾就会钻出来。在上海，我们兄弟姐妹一共有六个，我们的袜子每天都会有新的破洞出现，于是亲婆就有了干不完的活儿。我的每一双袜子上，都密密麻麻地缀满了亲婆缝的针线。补到后来，袜底层层叠叠，足有十几层厚，冬天穿在脚上，像一双暖和的棉袜套。

那时家里有一个烧饭的保姆，可有些事情亲婆一定要自己来做。她常常动手做一些家乡的小菜，我们全家都喜欢她做的菜。亲婆做菜，用的都是最平常的原料，可经她的手烹调，就有了特殊的鲜味。譬如，她常做一种汤，名叫“腌鸡豆瓣汤”，味道极其鲜美。所谓“腌鸡”，其实就是咸菜。父亲最爱吃这种汤，他告诉我，家乡的人这么评论这汤：“三天不吃腌鸡豆瓣汤，脚股郎里酥汪汪。”不吃这汤，脚也会发软。亲婆做这汤时，总是分派我剥豆壳。我们祖孙两人一起剥豆壳的时候，也是我缠着亲婆讲故事的时候。不过，亲婆不善讲故事。我知道，她年纪轻的时候，还是清朝，我问她清朝是什么样子，她只知道皇帝和长毛，还知道那时男人梳辫子，女人缠小脚。她的那对小脚就是清朝的遗物。

小时候我也是个淘气包，天天在外面玩得昏天黑地，回到家里，总是浑身大汗，脏手往脸上一抹，便成了大花脸。从外面回家，要经过一段黑洞洞的楼梯，只要我的脚步声在楼梯上响起，亲婆就会走到楼梯口等我，喊我的小名。亲婆的声音，就是家的声音。从楼下进门，我嚷着口渴，亲婆总是在一个粗陶的茶缸里凉好了一缸开水，我可以咕嘟咕嘟连喝好几碗。我觉得，亲婆舀给我的凉开水，比什么都好喝。我在外面玩，亲婆从来不干涉我，只是叮嘱我不要闯祸。一次，帮我洗衣裳的保姆埋怨我太贪玩，衣服老是会脏。亲婆听见后，便说："小孩子，应该玩，不像我小脚老太婆，没办法出门。小时候不玩，长大后就没有工夫玩了。不过要当心，不要闯祸。衣服弄脏，没关系。"她对保姆说："你来不及洗，我来洗。"长辈里，只有亲婆这么说，她懂得孩子的心思。

一只苹果

床底下，飘出一阵又一阵诱人的苹果香味，使我忍不住趴到地上，向床底下窥探。

那是经济困难时期，食品严重匮乏，有钱也买不到吃的东西。糖果糕点都成了稀罕物。一天，一个亲戚来做客，送了一小篓苹果。又大又红的苹果，放在桌子上满屋子飘香。竹篓子用红线绑着，母亲不把红线拆开，苹果是不能吃的，这是家里的规矩。

母亲把苹果放在自己的床底下，可苹果的香气还是不断地从床底下散发出来，闻到香气，我就直咽口水。对一个不时被饥馑困扰的孩子来说，这实在是一种大诱惑。房间里没人的时候，我就趴在地上，把苹果篓拉出来，然后欣赏一阵，用鼻子凑上去闻闻它们的香味。那香味好像在用动听的声音对我说："来呀，来吃我呀。不把我吃了，我会烂掉。"

我终于无法忍受苹果的诱惑。竹篓子的网眼很大，不必把红线拆掉，我从网眼中挖出一个苹果来，一个人躲到晒台上美餐了一顿。

两天后，母亲想起了床底下的苹果。晚饭后，母亲拿出苹果，她拆开红线，打开竹篓一看，发现少了一个。母亲的脸沉下来，当着全家人的面，大声问："是谁嘴这么馋，偷吃了一个苹果?"

哥哥姐姐和妹妹都说没吃，我想承认，但又怕受到母亲的斥责。母亲见没人承认，光火了："难道苹果自己跑掉了？今天非得弄个水落石出！"见母亲发这么大的火，我更不敢承认了。

见没有人出来承认，母亲的火气越来越大，她把苹果篓收了起来，说："这件事情不弄清楚，谁也不要想吃苹果。"

这时，发生了一件我意想不到的事情。一直在一边默默地听着的亲婆突然站了出来，她笑着对母亲说："那只苹果是我吃掉的。你就把剩下的苹果分给小囡吃吧。"

亲婆吃了一个苹果，母亲当然无话可说。她不再追问，打开竹篓，一声不响地分给我们每人一个苹果。分到亲婆时，苹果已经没有了。亲婆说："我已经吃过了，不要再分给我了。”我手里捧着一个苹果，心里很难过。我知道，亲婆没有吃过苹果，可她为什么这么说呢？

等房间里没有人时，我走到亲婆面前，把苹果塞到她手里，轻轻地说：“亲婆，这个苹果，应该你吃。”亲婆摸摸我的头，把苹果放回到我的手中。

“小孩子想吃苹果没什么不对。吃吧。”

我不敢抬头看亲婆，我知道，亲婆心里什么都明白。

这次“苹果事件”，以后再也没有人问过，只有我和亲婆知道其中的秘密。不过，我一直没有向她坦白。直到现在，想起这件事情，我还会觉得歉疚。

她和“疯老太”

我闯祸了！

我拼命奔跑着，一个怒气冲冲的老太婆挥舞着一根木棍在我身后紧追不舍。

这老太婆是一个孩子们见了都怕的女人，她身体粗壮，面貌丑陋，说话粗声大气，像一个凶恶的女巫。孩子们在背后都叫她“疯老太”。那天，我在弄堂里和几个小伙伴一起玩耍，“疯老太”在弄堂口午睡，她躺在一张破席子上，大声地打着呼噜。

有人调唆我：“你敢不敢用西瓜皮扔她？”为了表现我的

大胆，我捡起地上的两块西瓜皮，向“疯老太”扔去一块。西瓜皮不偏不倚，正好落在“疯老太”的脸上。“疯老太”从梦中被惊醒，一下子从地上跳了起来，她摸着被西瓜皮打湿的脸，怒不可遏地大叫：“哪个赤佬想寻死？”我赶紧扔掉手里的另外一块西瓜皮，“疯老太”发现了，大喝一声：“是你！今天我要打死你！”一边喊着，一边猛地向我扑过来。

我无路可逃，只能往家里跑。我奔进门，踏上楼梯，只听见后面的脚步声紧随着咚咚咚跟了上来。

我奔进楼梯边的亭子间，亲婆一个人坐在屋里补袜子。见我这么惊慌，亲婆忙问：“什么事？”然而我已经没有时间解释了，楼梯上传来了“疯老太”的叫骂声：“小赤佬，看你逃到哪里去，今天我要打死你！”

亲婆放下手里的针线，一把将我推到门背后，低声关照我：“站着别出声！”然后又坐到原来的位子上，拿起针线做补袜子状。

这时，“疯老太”已经追到亭子间门口，她站在门口，大声问亲婆：“那个小赤佬呢？你看见他了吗？”

我躲在门背后，紧张得不敢出气。此刻，我和“疯老太”距离不到一尺，能听到她急促的喘气声。站在门背后，我能看到亲婆，只见她很镇静地坐在那里，不动声色地回答“疯老太”：“没有看见。”

“疯老太”在门口站了片刻，骂骂咧咧地下楼去了。

我从门背后走出来，还吓得直发抖。亲婆问清了事发的缘由，把我说了几句。她要带我去向“疯老太”道歉。我一听，慌了：“那怎么行，她是疯子，要打人的！”

“我看她不疯。你们这样作弄她，她才生气。你不要害怕，我和你一起去找她。”

亲婆到上海后，很少出门，也不怎么和邻居交往。可这次，她却一反常态，一定要我带她去找“疯老太”。我知道自己理亏，可我怕被“疯老太”打，赖着不肯去。亲婆生气了，板着脸说：“你不带我去找她，不向她去认个错，以后就不要叫我亲婆。”

我还是第一次看见亲婆这样生气，心里有点害怕，就答应了她。

第二天傍晚，亲婆牵着我的手，在苏州河边上找到了“疯老太”。我非常紧张，怕“疯老太”会扑上来打我，想不到，“疯老太”已经不记得我了。亲婆走到“疯老太”面前，说：“上次，是我的孙子用西瓜皮扔了你，我带他来向你认错。”说着，她把我拉到“疯老太”跟前。我对“疯老太”说了声“对不起”，她愣了一下，笑起来。“疯老太”原来并不可怕。她眨了眨那双泪汪汪的红肿的眼睛，挥了挥手，大声说：“事情过去就算了，小孩子，以后不要干坏事，干坏事，要吃苦头的！”

以后，“疯老太”看到我，总是对我笑。

死和生

亲婆的死，在我童年的经历中，留下了最深刻的印记。这一年，我上二年级。

那天晚上，我在一个同学家里做功课，只觉得眼皮跳个不停，听大人说过，眼皮跳，总有什么倒霉的事情会发生。会发生什么事情呢？眼皮越跳越厉害，跳得我心烦意乱。功课还没有做完，有一个同学从外面跑来找我，告诉我家里出了事情。

“你家有老人从楼梯上摔下来，你快回家去！”

我家的老人，一定是亲婆！我只觉得脑子嗡的一声炸开了。我一路奔跑着回到家里。走过那一段黑洞洞的楼梯时，我突然听到亲婆在叫我的小名。平时我放学回家时，亲婆总是站在楼梯口这样叫我。我心里一松，亲婆能叫我，大概没有什么事情。

可是亲婆不在楼梯口。楼梯口，围着不少人，都是平时不常来我家的邻居。他们见我回来，赶紧让出路来。我发现，他们的目光异样，似乎是同情，又好像是可怜。我走进房间，只见父母和哥哥姐姐都站在亲婆的床边。

亲婆躺在床上，半边的脸都肿了。她从楼梯上摔下去，头撞在地板上，被人背上来时，神志依然清醒。我扑到她身边，流着泪大声喊她。她睁开眼睛，看了我一眼，吃力地咧开嘴笑了笑，从喉咙里吐出几个含糊不清的字："不要哭，我七十八岁了……"

我回家后不到十分钟，亲婆就断了气。断气时，父亲紧紧地抱着她。我听到父亲像孩子一样哭着喊妈妈。这是我第一次看见父亲哭，而且哭得如此悲恸。我跟着父亲一起大哭，一边哭，一边喊亲婆。我觉得亲婆是不会这么死去的，我拼命摇着她的身体，希望她睁开眼睛，然而她再也不会醒来了。

我用蒙眬的泪眼凝视着亲婆平静安详的脸，往事一幕一幕重现在眼前，它们都已经过去，永远不会在我的生活中重演。以后的日子，我将失去亲婆的关怀和爱。我曾经答应过她，长大后，要买最好吃的东西来孝敬她，现在没有机会了。想到这些，我泪如泉涌……

这是我第一次体会到亲人离去的悲痛。

在亲婆去世的哀哭声中，我感到自己突然长大了许多。

我从记忆的匣子里倒出这些零星的往事，亲婆的形象，又像当年那样清晰地出现在我的眼前。记忆使时光倒流，记忆也使亲人死而复生。

1998年3月于四步斋

挥　手

——怀念我的父亲

深夜，似睡似醒，耳畔嘚嘚有声，仿佛是一支手杖点地，由远而近……父亲，是你来了吗？骤然醒来，万籁俱寂，什么声音也听不见。打开台灯，父亲在温暖的灯光中向我微笑。那是一张照片，是去年陪他去杭州时我为他拍的，他站在西湖边上，花影和湖光衬托着他平和的微笑。照片上的父亲，怎么也看不出是一个八十多岁的人。没有想到，这竟是我为他拍的最后一张照片！6月15日，父亲突然去世。那天母亲来电话，说父亲气急，情况不好，让我快去。这时，正有一个不速之客坐在我的书房里，是从西安来约稿的一个编辑。我赶紧请他走，但还是耽误了五六分钟。送走那不速之客后，我便拼命骑车去父亲家，平时需要骑半个小时的路程，只用了十几分钟，也不知这十几里路是怎么骑的。然而我还是晚到了一步。父亲在我回家前十分钟停止了呼吸。一口痰，堵住了他的气管，他只是轻轻地说了两声："我透不过气来……"便昏迷过去，再也没有醒来。救护车在我之前赶到，医生对垂危的父亲进行了抢救，终于无功而返。我赶到父亲身边时，他平静地躺着，没有痛苦的表情，脸上似乎略带着微笑，就像睡着了一样。他再也不会笑着向我伸出手来，再也不会向我倾诉他的病痛，再也不会关切地询问我的生活和创作，再也不会拄着拐杖跑到书店和邮局，去买我的书和发表有我文章的报纸和杂志，再也不会在电话中笑声朗朗地和孙子聊天……父亲！

因为父亲走得突然，子女们都没能送他。父亲停止呼吸后，我是第一个赶回到他身边的。我把父亲的遗体抱回到他的床上，为他擦洗了身体，刮了胡子，换上了干净的衣裤。这样的事情，父亲生前我很少为他做，他生病时，都是母亲一个人照顾他。小时候，父亲常常带我到浴室里洗澡，他在热气蒸腾的浴池里为我洗脸擦背的情景我至今仍然记得，想不到，我有机会为父亲做这些事情时，他已经去了另外一个世界。父亲，你能感觉到我的拥抱和抚摸吗？

父亲是一个善良温和的人，在我的记忆中，他的脸上总是含着宽厚的微笑。从小到大，他从来没有骂过我一句，更没有打过我一下，对其他孩子也是这样。我也从来没有见到他和什么人吵过架。父亲生于1912年，是清王朝覆灭的第二年。祖父为他取名鸿才，希望他能够改变家庭的窘境，光宗耀祖。他的一生中，有过成功，但更多的是失败。年轻的时候，他曾经是家乡的传奇人物：一个贫穷的佃户的儿子，靠着自己的奋斗，竟然开起了好几家兴旺的商店，买了几十间房子，成了使很多人羡慕的成功者。家乡的老人说起父亲，至今依旧肃然起敬。年轻时他也曾冒过一点风险，抗日战争初期，在日本人的刺刀和枪口的封锁下，他摇着小船从外地把老百姓需要的货物运回家乡，既为父老乡亲做了好事，也因此发了一点小财。抗战结束后，为了使他的店铺里的职员们能逃避国民党军队“抓壮丁”，父亲放弃了家乡的店铺，力不从心地到上海开了一家小小的纺织厂。他本想学那些叱咤风云的民族资本家，也来个“实业救国”，想不到这就是他在事业上衰败的开始。在汪洋一般的大上海，父亲的小厂是微乎其微的小虾米，再加上他没有多少搞实业和管理工厂的经验，这小虾米顺理成章地就成了大鱼和螃蟹们的美餐。他的工厂从一开始就亏损，到解放的时候，这工厂其实已经倒闭，但父亲要面子，不愿意承认失败的现实，靠借债勉强维持着企业。到公私合营的时候，他那点资产正好够得上当一个资本家。为了维持企业，他带头削减自己的工资，减到比一般的工人还低。他还把自己到上海后造的一幢楼房捐献给了公私合营后的工厂，致使我们全家失去了存身之处，不得不借宿在亲戚家里，过了好久才租到几间石库门里弄中的房子。于是，在以后的几十年里，他一直是一个名不副实的资本家，而这一顶帽子，也使我们全家消受了很长一段时间。在我的童年时代，家里一直过着清贫节俭的生活。记得我小时候身上穿的总是用哥哥姐姐穿过的衣服改做的旧衣服，上学后，每次开学前付学费时，都要申请分期付款。对于贫穷，父亲淡然而又坦然，他说："穷不要紧，要紧的是做一个正派人，做一个对社会有贡献的人。"我们从未因贫穷而感到耻辱和窘困，这和父亲的态度有关。"文化大革命"中，父亲工厂里的"造反队"也到我们家里来抄家，可厂里的老工人知道我们的家底，除了看得见的家具摆设，家里不可能有什么值钱的东西。来抄家的人说："有什么金银财宝，自己交出来就可以了。"记得父亲和母亲耳语了几句，母亲便打开五斗橱抽屉，从一个小盒子里拿出一根失去光泽的细细的金项链，交到了"造反队员"的手中。后来我才知道，这根项链，还是母亲当年的嫁妆。这是我们家里唯一的"金银财宝"……

"文化大革命"初期的一天夜晚，"造反队"闯到我们家带走了父亲。和我们告别时，父亲非常平静，毫无恐惧之色，他安慰我们说："我没有做过亏心事，他们不能把我怎么样。你们不要为我担心。"当时，我感到父亲很坚强，不是一个懦夫。在"文化大革命"中，父亲作为"黑七类"，自然度日如年。但就在气氛最紧张的日子里，仍有厂里的老工人偷偷地跑来看父亲，还悄悄地塞钱接济我们家。这样的事情，在当时简直是天方夜谭。我由此了解了父亲的为人，也懂得了人与人之间未必是你死我活的阶级斗争关系。父亲一直说："我最骄傲的事业，就是我的子女，个个都是好样的。"我想，我们兄弟姐妹都能在自己的岗位上有一些作为，和父亲的为人、和父亲对我们的影响有着很大的关系。

记忆中，父亲的一双手老是在我的面前挥动……

我想起人生路上的三次远足，都是父亲去送我的。他站在路上，远远地向我挥动着手，伫立在路边的人影由大而小，一直到我看不见……

第一次送别是我小学毕业，我考上了一所郊区的住宿中学，那是20世纪60年代初。那天去学校报到时，送我去的是父亲。那时父亲还年轻，鼓鼓囊囊的铺盖卷提在他的手中并不显得沉重。中学很远，坐了两部电车，又换上了到郊区的公共汽车。从窗外掠过很多陌生的风景，可我根本没有心思欣赏。我才十四岁，从来没有离开过家，没有离开过父母，想到即将一个人在学校里过寄宿生活，不禁有些害怕，有些紧张。一路上，父亲很少说话，只是面带微笑默默地看着我。当公共汽车在郊区的公路上疾驰时，父亲望着窗外绿色的田野，表情变得很开朗。我感觉到离家越来越远，便忐忑不安地问："我们是不是快要到了？"父亲没有直接回答我，却指着窗外翠绿的稻田和在风中飘动的林荫，答非所问地说："你看，这里的绿颜色多好。"他看了我一眼，大概发现了我的惶惑和不安，便轻轻地抚摸着我的肩胛，又说："你闻闻这风中的味道，和城市里的味道不一样，乡下有草和树叶的气味，城里没有。这味道会使人健康的。我小时候，就是在乡下长大的。离开父母去学做生意的时候，只有十二岁，比你还小两岁。”父亲说话时，抚摸着我肩胛的手始终没有移开，“离开家的时候也是这样的季节，比现在晚一些，树上开始落黄叶了。那年冬天来得特别早，我离家才没有几天，突然就发冷了，冷得冰天雪地，田里的庄稼全冻死了。我没有棉袄，只有两件单衣裤，冷得瑟瑟发抖，差点儿冻死。”父亲用很轻松的语气谈着他少年时代的往事，所有的艰辛和严峻，都融化在他温和的微笑中。在我的印象中，父亲并不是一个深沉的人，但谈起遥远往事的时候，尽管他微笑着，我却感到了他的深沉。那天到学校后，父亲陪我报到，又陪我找到自己的寝室，帮我铺好了床铺。接下来，就是我送父亲了，我要把他送到校门口。在校门口，父亲拍拍我肩膀，又摸摸我头，然后笑着说：“以后，一切都要靠你自己了。开始不习惯，不要紧，慢慢就会习惯的。”说完，他就大步走出了校门。我站在校门口，目送着父亲的背影。校门外是一条大路，父亲慢慢地向前走着，并不回头。我想，父亲一定会回过头来看看我的。果然，走出十几米远时，父亲回过头来，见我还站着不动，父亲就转过身，使劲向我挥手，叫我回去。我只觉得自己的视线模糊起来……在我少年的心中，我还是第一次感到自己对父亲是如此依恋。

父亲第二次送我，是“文化大革命”中了。那次，是出远门，我要去农村“插队落户”。当时，父亲是“有问题”的人，不能随便走动，他只能送我到离家不远的车站。那天，是我自己提着行李，父亲默默地走在我身边。快分手时，他才讷讷地说："你自己当心了，有空常写信回家。"我上了车，父亲站在车站上看着我。他的脸上没有露出别离的伤感，而是带着他常有的那种温和的微笑，只是有一点勉强。我知道，父亲心里并不好受，他是怕我难过，所以尽量不流露出伤感的情绪。车开动了，父亲一边随着车的方向往前走，一边向我挥着手。这时我看见，他的眼睛里闪烁着晶莹的泪光……

父亲第三次送我，是我考上大学去报到那一天。这已经是1978年春天。父亲早已退休，快七十岁了。那天，父亲执意要送我去学校，我坚决不要他送。父亲拗不过我，便让步说："那好，我送你到弄堂口。"这次父亲送我的路程比前两次短得多，但还没有走出弄堂，我发现他的脚步慢下来了。回头一看，我有些吃惊，帮我提着一个小包的父亲竟已是泪流满面。以前送我，他都没有这样动感情，和前几次相比，这次离家，我的前景应该是最光明的一次，父亲为什么这样伤感？我有些奇怪，便连忙问："我是去上大学，是好事情啊，你干吗这样难过呢？"父亲一边擦眼泪一边回答："我知道，我知道。可是，我想为什么总是我送你离开家呢？我想我还能送你几次呢？"说着，泪水又从他的眼眶里涌了出来。这时，我突然发现，父亲花白的头发比前几年稀疏得多，他的额头也有了我先前未留意过的皱纹。父亲是有点老了。唉，这是没有办法的事情，儿女的长大，总是以父母青春的流逝乃至衰老为代价的，这过程，总是在人们不知不觉中悄悄地进行，没有人能够阻挡这样的过程。

父亲中年时代身体很不好，严重的肺结核几乎夺去他的生命。曾有算命先生为他算命，说他五十七岁是“骑马过竹桥”，凶多吉少，如果能过这一关，就能长寿。五十七岁时，父亲果真大病一场，但他总算摇摇晃晃地走过了命运的竹桥。过六十岁后，父亲的身体便越来越好，看上去比他实际年龄要年轻十几二十岁。曾经有人误认为我们父子是兄弟。八十岁之前，他看上去就像六十多岁的人，说话、走路都没有老态。几年前，父亲常常一个人突然地就走到我家来，只要楼梯上响起他缓慢而沉稳的脚步声，我就知道是他来了，门还没开，门外就已经漾起他含笑的喊声……四年前，父亲摔断了胫股骨，在医院动了手术，换了一个金属的人工关节。此后，他便一直被病痛折磨着，一下子老了许多，再也没有恢复以前那种生气勃勃的精神状态。他的手上多了一根拐杖，走路比以前慢得多，出门成了一件困难的事情。不过，只要遇到精神好的时候，他还会拄着拐杖来我家。

在我的所有读者中，对我的文章和书最在乎的人，是父亲。从很多年前我刚发表作品开始，只要知道哪家报纸和杂志刊登有我的文字，他总是不嫌其烦地跑到书店或者邮局里去寻我，这一家店里没有，他再跑下一家，直到买到为止。为做这件事情，他不知走了多少路。我很惭愧，觉得我那些文字无论如何不值得父亲去走这么多路。然而再和他说也没用，他总是用欣赏的目光读我的文字，尽管不当我的面称赞，也很少提意见，但从他阅读时的表情，我知道他很为自己的儿子骄傲。对我的成就，他总是比我自己还兴奋。这种兴奋，有时我觉得过分了，就笑着半开玩笑地对他说："你的儿子很一般，你不要太得意。"他也不反驳我，只是开心地一笑，像个顽皮的孩子。在他晚年体弱时，这种兴奋竟然一如数十年前。前几年，有一次我出版了新书，准备在南京路的新华书店为读者签名。父亲知道了，打电话给我说他要去看看，因为这家大书店离我的老家不远。我再三关照他，书店里人多，很挤，千万不要凑这个热闹。那天早晨，书店里果然人山人海，卖书的柜台几乎被热情的读者挤塌。我欣慰地想，还好父亲没有来，要不，他拄着拐杖在人群中可就麻烦了。于是我心无旁骛，很专注地埋头为读者签名。大概一个多小时后，我无意中抬头时，突然发现了父亲，他拄着拐杖，站在远离人群的地方，一个人默默地在远处注视着我。唉，父亲，他还是来了，他已经在一边站了很久。我无法想象他是怎样拄着拐杖穿过拥挤的人群上楼来的。见我抬头，他冲我微微一笑，然后向我挥了挥手。我心里一热，笔下的字也写错了……

去年春天，我们全家陪着我的父母去杭州，在西湖边上住了几天。每天傍晚，我们一起在湖畔散步，父亲的拐杖在白堤和苏堤上留下了轻轻的回声。走得累了，我们便在湖畔的长椅上休息，父亲看着孙子不知疲倦地在他身边蹦跳，微笑着自言自语："唉，年轻一点多好……"

死亡是人生的必然归宿，雨果说它是"最伟大的平等，最伟大的自由"，这是对死者而言，对失去了亲人的生者们来说，这永远是难以接受的事实。父亲逝世前的两个月，病魔一直折磨着他，但这并不是什么不治之症，只是一种叫"带状疱疹"的奇怪的病，父亲天天被剧烈的疼痛折磨得寝食不安。因为看父亲走着去医院检查身体实在太累，我为父亲送去一辆轮椅，那晚在他身边坐了很久，他有些感冒，舌苔红肿，说话很吃力，很少开口，只是微笑着听我们说话。临走时，父亲用一种幽远怅惘的目光看着我，几乎是乞求似的对我说："你要走？再坐一会儿吧。"离开他时，我心里很难过，我想以后一定要多来看望父亲，多和他说说话。我绝没有想到，再也不会有什么"以后"了，这天晚上竟是我们父子间的永别。两天后，他就匆匆忙忙地走了。父亲去世前一天的晚上，我曾和他通过电话，在电话里，我说明天去看他，他说："你忙，不必来。"其实，他希望我每天都在他身边，和他说话，这我是知道的，但我却没有在他最后的日子里每天陪着他！记得他在电话里对我说的最后一句话是："你自己多保重。"父亲，你自已病痛在身，却还想着要我保重。你最后对我说的话，将无穷无尽回响在我的耳边，回响在我的心里，使我的生命永远沉浸在你的慈爱和关怀之中。父亲！

在父亲去世后的日子里，我一个人静下心来，眼前总会出现父亲的形象。他像往常一样，对着我微笑。他就站在离我不远的地方向我挥手，就像许多年前他送我时在路上回过头来向我挥手一样，就像前几年在书店里站在人群外面向我挥手一样……有时候我想，短促的人生，其实就像匆忙的挥手一样，挥手之间，一切都已经过去，已经成为过眼烟云。然而父亲对我挥手的形象，我却无法忘记。我觉得这是一种父爱的象征，父亲将他的爱，将他的期望，还有他的遗憾和痛苦，都流露宣泄在这轻轻一挥手之间了。

1994年7月15日至9月14日于四步斋

小　偷

儿子知道“小偷”这个字眼，是在他四岁的时候。

那天下午，放在我家门口的一辆小自行车突然不见了。有人看见，是一个陌生人，上楼来大模大样地搬走了自行车。一个邻居甚至和那小偷在楼梯上打了照面，小偷居然面不改色，像熟人似的笑着和邻居点了点头，然后扛着自行车从容下楼，消失在林荫路上……

这是一辆新的自行车，小凡刚刚用它学会了骑车，兴趣正浓。自行车的被窃，使他感到沮丧，随之而来的是对小偷的怨恨。

“他为什么不自己到商店里去买，而要拿我的车？连说都不和我说一声！”

我告诉他，这是小偷之所为。所谓小偷，就是不打招呼拿走别人的东西，把别人的东西占为己有。

“他为什么要偷我的自行车？他是个大人，又不能骑这车，他把我的车扛回家去干吗？”

“他当然不是自己要骑，而是拿去换钱。”妻子在一边大声解释。

“换钱？换钱干吗？”他瞪大了眼睛问。

这么简单的问题，要给他一个满意准确的回答倒不太容易。因为他对钱这样东西还没有任何概念。于是，我便把话题引开，想说说别的什么。想不到他的脑子里只想着小偷的事情。

“爸爸，你说，偷车的人长得什么样？”他突然又问我。

这个问题我更无法回答。我说：“你管他的模样干什么？”

“知道了他的模样，下次看见他时我抓住他，叫他还我的车！”

见他纠缠不休，我便随便应付他说：“小偷肯定长着一对老鼠眼，看人眼睛滴溜溜打转；他的头发一定很乱，像个鸟窝。”

“哦，是这样。”他点着头，仿佛真的已经记住了小偷的样子。

以后带他一起上街，他总是东张西望，好像在寻找什么。我问他在找什么，他的表情挺严肃，依然睁大着眼睛在人群中寻觅，仿佛没有听到我的问题。我连着问了他几次，他才神秘兮兮地告诉我：“我在找小偷！”

见我扑哧一声笑出来，他不满地问：“你为什么要笑？”

我说：“你这样，就能抓到小偷？”

“能！”他很肯定地回答，“只要给我发现，我就去抓住他！”

见他这么认真，我便不再说什么。我想，要不了多久，这抓小偷的情结就会从他心里渐渐淡化的。

一次在路上散步时，他拉拉我的手，轻轻地说：“爸爸，快看！”

听他的声音里充满了紧张，我连忙问：“看什么？”

“看，小偷！”他指着迎面走来的一个青年，低声说。

我一看，不禁哑然失笑，迎面走来的这个青年有一头又长又乱的头发，额下长着一对小眼睛。这形象，正符合我向他描绘的小偷的形象。见我们在注意他，青年从我们身边走过时，惊奇地瞥了我们一眼，小凡紧张地抓紧了我的手。等那青年走过去后，我忍不住笑起来。

“怎么，他不是小偷？”他不解地问，“不是眼睛小小的，头发乱乱的吗？”

“他没偷别人东西，怎么能说他是小偷呢？”

“哦，他没偷东西。”他搔着自己的脑袋，也忍不住笑起来，“那么，下次我看到他拿别人的东西时再抓住他吧。”

时间稍长，大家差不多快把那辆童车被窃的事情忘了。我以为抓小偷的情结也已经在小凡的心里淡化了。时间能化解一切，对孩子大概也不例外。

一天，我带小凡出门。经过一家水果店时，小凡突然停住脚步，眼睛里闪出又严肃又警觉的亮光。水果店门口人很多，尤其是那个苹果摊前，围着好几个顾客，营业员根本照顾不过来。这有什么好看呢？我拉着他就走，可他却抓紧了我的手，怎么也不肯走。我问他干什么，他轻轻地告诉我："爸爸，小偷！"我顺着他手指的方向看去，只见一个穿着入时的年轻女人，正在偷偷地把一个苹果塞进自己的手提包，塞了一个，见营业员没有发现，又塞了一个。果然是一个小偷！

小凡用眼色征询我的意见，问我该怎么办。我还没有做出回答，那个年轻女人已经收起提包，离开了水果摊。年轻女人迎面向我们走来，这下我们都看清楚了，这是一个漂亮的女人，端正的五官，飘逸的波浪形长发，脸上是一种不动声色的表情，似乎在思考着什么严肃的问题。看她的样子，简直是一个高傲的公主，不把任何人放在眼里。可她刚才的动作却是千真万确，那个时髦的皮包里，藏着那几个来路不明的苹果……也许她看见小凡正用惊讶而厌恶的目光注视她，有点心虚了，脸上便微微红了一下，脚步匆匆地从我们旁边擦身而过，留下一阵外国香水浓郁的气味。

我和小凡你看看我，我看看你，愣了好一会儿。他的目光中，充满了惊奇和困惑。这个小偷，既没有滴溜溜转的老鼠眼，也没有鸟窝般乱蓬蓬的头发，而是一个颇有风度的漂亮女士，怎么能不让他惊奇呢。

"爸爸，你闻到什么味道了吗？"他突然问我。

“是香水吧。”我说。

“不!”他很肯定地说，“是臭味，是小偷的气味，真难闻!”

不过，他并没有因此而排解了心里的困惑。事后，他忍不住问我：“她为什么看上去一点儿也不像小偷呢?”

于是，我很认真地纠正了以前对他说的关于小偷的外形的那些话。我说：“爸爸以前说的话是和你开玩笑的，谁也无法把小偷的样子画出来。他们可能长得很丑，也可能很漂亮。我们的老祖宗有一句话，叫作‘人不可貌相’，就是讲的这个道理。人的美和丑，并不在外表，而在内心，在他的行动。”

儿子默默地点着头，心思不知又飞到什么地方去了。对小偷的认识，大概是他认识复杂人世的开始吧。

1994 年 1 月 15 日于四步斋

青　鸟

下了一夜大雪。天刚亮，透过镶满冰凌花的窗玻璃向外看，只见一片耀眼的白色。红色的砖墙、青灰色的屋脊、墨绿色的柏树枝，全都变白了，仿佛世界上所有的色彩都融化在这单调的白色里。北风在低低地吼叫，窗台上的积雪飞着，飘着，似在炫耀雪天的寒冷……

门缝里，悄然塞进一张沾着雪花的报纸来。呵，是那个年轻的女邮递员，冰天雪地的，她还是这么早就来了！我打开门，她已经远去，那绿色的背景在晶莹的白雪之中晃动着，显得分外鲜亮，雪地上，留下一行深深的脚印，弯弯曲曲，高高低低，从这一家门口，通向那一家门口……

我捧着报纸，却看不下一行，那一团鲜亮的绿色，老是在我的眼前晃动、跳跃、飞翔，它仿佛化成了一只翩然振翅的鸟，飘飘悠悠地向我飞过来……

……绿色的鸟，在广袤的田野里飞着。近了，近了——原来是一位送信的老人，骑着自行车急匆匆地过来了。他的脸是深褐色的，长年在旷野里奔波的乡村邮递员大多这样，只是他的脸上还刻满了深深的皱纹，他的一身绿制服已经洗得很旧，只有车上挂着的那只邮袋还是绿得那么醒目。

“小伙子，这是你的信吧？想家么？”当他第一次把信送到我手里时，微笑着轻轻问了一句。不知怎的，这位老乡邮递员，一见面就使我感到亲切。在他的善良的微笑里，在他的关切的询问中，我看见了一颗充满着同情和关怀的长者之心。

这是一个沉默寡言的老人，在农村送了几十年信。每天，他的自行车铃声在田埂上一响，田里干活的人们便围了上去。于是他便开始默默地分发信件，只是偶尔关照着什么。他不仅能叫出这方圆几十里地的大多数人的名字，还了解每家每户的情况呢。人们都亲切地叫他老张头。他管送信，也兼管寄信，社员们发信、寄包裹都拜托他。每每一圈跑下来，他的邮袋非但不空，反而装得更鼓了。逢到雨天，乡间的泥路便不能骑车了。这种时候，老张头要迟一点来。他穿着一件很大的雨衣，背着一个沉甸甸的大邮袋，背脊稍稍佝偻，竟显得十分矮小。尽管总是一脸雨，一脸汗，一身污泥，急匆匆的步子也常常吃力而又蹒跚，然而他却从来没有耽误过一次。这几十里泥路，实在是够他受的。

那时候，信，是我生活中多么重要的内容呵。在那些小小的信封里，装着亲人们的问候，装着朋友们的友谊，也装着我的秘密——远方，有一个善良而又倔强的姑娘，不顾亲友的反对，悄悄地、不附加任何条件地把她最纯真的初恋给了我。她在都市，我在乡村，在许多人眼里，这不啻有天壤之别呵。有了她，我生活中的劳累、艰辛，仿佛都容易对付了。像所有在初恋中的青年人一样，我激动、陶醉，常常陷入幸福美好的遐想……这一切，都是她的那些热情的信给我带来的，而所有的信，又都是通过这位老邮递员送到我手中的。下乡不多几天，我就深深地感觉到，这送信的老人，对于我是何等的重要！每天，我都急切地盼望着，盼望着他的绿色的、瘦小的身影出现在那条被刺槐树掩隐的小路上。那心情，就像远航在大洋中的水手盼望着从空蒙的海面上升起飘忽朦胧的海岸，就像跋涉在沙漠里的旅人盼望着从荒寂的黄丘中露出郁郁葱葱的绿洲。每次见到他，我的心总会噗嗵噗嗵地跳起来，血也仿佛会流得更快：哦，今天，会有她的信么？……

这一切，这送信的老人应该是不会知道的，他每天要投送成百上千封信呵。他的表情好像有点麻木，密密的皱纹里，仿佛流出几丝忧悒。然而对我，他似乎特别关注一点，每次把信送到我手里时，他总是朝着我友好地微微一笑，日子久了，我恍惚觉得，他的笑容似乎变得意味深长了。这笑里，有关心，也有赞许，也有鼓励，有时他还会笑着轻轻地对我说一声："又来了。"又来了？是她又来了！哦，这老人，仿佛已经知道了我的秘密。或许，在那些右下角印着金色小鸟的相同的信封上，在信封上那娟秀的字体里，在那个永远不变的寄信人的地址中，他隐约窥见了我的秘密。

人与人之间的了解，真是一件难以捉摸的事情。有些人整天厮混在一起，海阔天空，无所不谈，过后细细一想，却仍然有一层烟雾笼罩着，只能看出一个模糊不清的轮廓。而有些人交流甚少，只是一次偶然的邂逅，只是寥寥几句对话，甚至只是无声地一瞥，留在你心中的形象，却是鲜明而又亲切，使人难以忘怀。这送信的老张头，我和他几乎没有说上过一句囫囵的话，每天，当他把信送到我手中，我们只是点点头，他只是那么微微一笑，我却觉得，他已经完全了解了我，包括我内心的秘密。这个善良正直的老人，同情我，关心我，也喜欢我那远方的姑娘——她毫不犹豫地把自己的爱情献给一个插队在乡下的孤独的青年——他赞赏这种爱情！他的眼神，他的微笑，清晰地告诉了我这所有的一切。

我觉得，在我们的无声的交流中，有一种心灵的默契，有一种可贵的信任。倘若他问我，我决不会对他有任何隐瞒的，我愿意把我的所有一切，都向他和盘托出。然而，他从来不问我。

有时几天收不到她的信，我便会着急起来，老张头送信离开时，我总是一个人呆呆地站在田头，那模样大概是又怅惘又可怜的。“不要急。”他用简短的三个字安慰我。有一次，见我太失望，他轻轻地拍了拍我的肩膀，微笑着说：“送你两句诗，怎么样？”呵，竟是秦少游的两句词：“两情若是久长时，又岂在朝朝暮暮。”这使我诧异，这老人，居然还读诗词！他的声音，像一股凉滋滋的清泉，缓缓流进我焦虑的心，使我平静下来。

月有阴晴圆缺，爱情，也总是曲折的。朗澈的天空会突然飘过乌云，平静的水面会突然涌起风波……因为一些小小的误会，远方的姑娘竟和我赌气了，一连一个多月没有来信，这似乎是一次真正的危机，我陷入了极大的苦恼之中。老张头知道我的心思，每天来到田头，他总是凝视着我，然后意味深长地点点头。他没有说一句安慰我的话，但从他的表情中，我能感觉到他的深切同情和真挚关心，那深沉的目光，分明在对我说：“要经受住考验呵。”

就在这时，老张头突然退休了。听人说，他身体不好。这一带的邮递员换上了一个骑摩托车的小伙子。正是初春，连着下了好长时间的雨，摩托车无法在泥泞的路上行驶，那小伙子竟然好几天没有来。当时正是乱哄哄的年头，乡村的邮局大概也没人管，社员们都骂开了。那天正在田里干活，忽然有人叫起来：“老张头！老张头回来了！”我抬头一看，果然，在那条槐荫摇曳的小路上，老张头慢慢地走过来了。他还是穿着那件洗旧了的绿色制服，肩上背着一个沉甸甸的大邮袋。一个多月不见，他竟仿佛老了许多，背脊比先前佝偻得更厉害，头上也似乎添了不少银丝。看着在他脸上那些密密的皱纹里滚动的汗珠，看着那一身沾满泥巴的绿制服，我忽然涌起一股强烈的恻隐之情，这老人，已到儿孙绕膝的年纪了，还在这泥泞的道路上奔波……

说也奇怪，没有人号召，在田里干活的人们都不约而同地放下手里的农具，走到路边把老张头团团围了起来，亲热地问长问短。人们的热情，显然使老人激动了，他一面分发信件，一面笑着“嗯嗯”应答，说不出一句话来。

有人问：“哎，你不是退休了，今天怎么又送信了？”

老张头一下子敛起笑容，仿佛来了火：“是退休了，今天来领工资，看到信件都积压在邮局里，这怎么行！一个邮递员，哪能眼睁睁看着这么多信搁浅在半道上。他们不送，我老头子送！”

说着，他朝我走来，脸上又溢出真诚的微笑。看见他在信堆中挑拣着，我的心不禁怦地一跳……呵，雪白的信封，呵，那金色的小鸟展开翅膀向我飞来了！“拿着，我知道她会来的。”他微笑着，轻轻地说。

真正的爱情，毕竟不是脆弱的——误会涣然冰释了，我的小鸟飞回来！这一切，又是老张头送给我的呵！久久地，我目送着远去的老人，只见他那淡绿色的瘦小的背影，在春天彩色的田野里摇晃着，缩小着，终于消失在萌动着万点新绿的远方。

从此，我总是对邮递员怀着一种真挚的敬意，有时真想拦住在路上见到的任何一位邮递员，大声地对他说：“谢谢你们！谢谢你们！”离开农村后，我又遇到过几位年轻的女邮递员，虽然没有什么交流，但她们给我的印象是踏实，热情的，她们常常又使我想起老张头……

此刻，手里捧着当天的报纸，我依然看不下一行，洁白轻柔的雪花，还在窗外纷纷扬扬地飘，而报纸上的雪花早已融化，变成了一颗颗亮晶晶的小水珠，在我的眼前闪烁……我忽然想起杜甫的两句诗来：“杨花雪落覆白萍，青鸟飞去衔红巾”，青鸟，这神话中美丽的小鸟，自古以来便被比作传递爱情的信使，受到人们的赞美。人民的邮递员——他们才是最忠诚、最坚忍、最值得赞美的青鸟呵！

母亲和书

又出了一本新书。第一本要送的，当然是我的母亲。在这个世界上，最关注我的，是她老人家。

母亲的职业是医生。年轻的时候，母亲是个美人，我们兄弟姐妹都没有她年轻时独有的那种美质。儿时，我最喜欢看母亲少女时代的老照片，她穿着旗袍，脸上含着文雅的微笑，比旧社会留下来的年历牌上那些美女漂亮得多，就是三四十年代上海滩那几个最有名的电影明星，也没有母亲美。母亲小时候上的是教会的学校，受过很严格的教育。她是一个受到病人称赞的好医生。看到她为病人开处方时随手写出的那些流利的拉丁文，我由衷地钦佩母亲。

在我童年的记忆里，母亲是个严肃的人，她似乎很少对孩子们做出亲昵的举动。而父亲则不一样，他整天微笑着，从来不发脾气，更不要说动手打孩子。因为母亲不苟言笑，有时候也要发火训人，我们都有点怕她。记得母亲打过我一次，那是在我七岁的时候。那天，我在楼下的邻居家里顽皮，打碎了一张清代红木方桌的大理石桌面，邻居上楼来告状，母亲生气了，当着邻居的面用巴掌在我的身上拍了几下，虽然声音很响，但一点也不痛。我从小就自尊心强，母亲打我，而且当着外人的面，我觉得很丢面子。尽管那几下打得不重，我却好几天不愿意和她说话，你可以说我骂我，为什么要打人？后来父亲悄悄地告诉我一个秘密：“你不要记恨你妈妈，那几下，她是打给楼下告状的人看的，她才不会真的打你呢！”我这才原谅了母亲。

我后来发现，母亲其实和父亲一样爱我，只是她比父亲含蓄。上学后，我成了一个书迷，天天捧着一本书，吃饭看，上厕所也看，晚上睡觉，常常躺在床上看到半夜。对读书这件事，父亲从来不干涉，我读书时，他有时还会走过来摸摸我的头。而母亲却常常限制我，对我正在读的书，她总是要拿去翻一下，觉得没有问题，才还给我。如果看到我吃饭读书，她一定会拿掉我面前的书。一天吃饭时，我老习惯难改，一边吃饭一边翻一本书。母亲放下碗筷，板着脸伸手抢过我的书，说：“这样下去，以后不许你再看书了。”我问她为什么，她说：“读书是一辈子的事情，你现在这样读法，会把自己的眼睛毁了，将来想读书也没法读。”她以一个医生的看法，对我读书的坏习惯做了分析，她说：“如果你觉得眼睛坏了也无所谓，你就这样读下去吧，将来变成个瞎子，后悔来不及。”我觉得母亲是在小题大做，并不当一回事。

其实，母亲并不反对我读书，她真的是怕我读坏了眼睛。虽然嘴里唠叨，可她还是常常从单位里借书回来给我读。《水浒传》《说岳全传》《万花楼》《隋唐演义》《东周列国志》《格林童话》《钢铁是怎样炼成的》《牛虻》等书，就是她最早借来给我读的。我过八岁生日时，母亲照惯例给我煮了两个鸡蛋，还买了一本书送给我，那是一本薄薄的小书《卓娅和舒拉的故事》。在50年代，哪个孩子生日能得到母亲送的书呢?

中学毕业后，我经历了不少人生的坎坷，成了一个作家。在我从前的印象中，父亲最在乎我的创作。那时我刚刚开始发表作品，知道哪家报刊上有我的文章，父亲可以走遍全上海的邮局和书报摊买那一期报刊。我有新书出来，父亲总是会问我要。我在书店签名售书，父亲总要跑来看热闹，他把因儿子的成功而生出的喜悦和骄傲全都写在脸上。而母亲，却从来不在我面前议论文学，从来不夸耀我的成功。我甚至不知道母亲是否读我写的书。有一次，父亲在我面前对我的创作问长问短，母亲笑他说："看你这得意的样子，好像全世界只有你儿子一个人是作家。"

父亲去世后，母亲一下子变得很衰老。为了让母亲从悲伤沉郁的情绪中解脱出来，我们一家三口带着母亲出门旅行，还出国旅游了一次。和母亲在一起，谈话的话题很广，却从不涉及文学，从不谈我的书。我怕谈这话题会使母亲尴尬，她也许会无话可说。

去年，上海文艺出版社出版了我的一套自选集，四厚本，一百数十万字，字印得很小。我想，这样的书，母亲不会去读，便没有想到送给她。一次我去看母亲，她告诉我，前几天，她去书店了。我问她去干什么，母亲笑着说："我想买一套《赵丽宏自选集》。"我一愣，问道："你买这书干什么？"母亲回答："读啊。"看我不相信的脸色，母亲又淡淡地说："我读过你写的每一本书。"说着，她走到房间角落里，那里有一个被帘子遮着的暗道。母亲拉开帘子，里面是一个书橱。"你看，你写的书，一本也不少，都在这里。"我过去一看，不禁吃了一惊，书橱里，我这二十年中出版的几十本书都在那里，按出版的年份整整齐齐地排列着，一本也不少，有几本，还精心包着书皮。其中的好几本书，我自己也找不到了。我想，这大概是全世界收藏我的著作最完整的地方。

看着母亲的书橱，我感到眼睛发热，好久说不出一句话。她收集我的每一本书，却从不向人炫耀，只是自己一个人读。其实，把我的书读得最仔细的，是母亲。母亲，你了解自己的儿子，而儿子却不懂得你！我感到羞愧。

母亲微笑着凝视我，目光里流露出无限的慈爱和关怀。母亲老了，脸上皱纹密布，年轻时的美貌已经遥远得找不到踪影。然而在我的眼里，母亲却比任何时候都美。世界上，还有什么比母爱更美丽更深沉呢？

2000 年 4 月

顶碗少年

有些偶然遇到的小事情，竟会难以忘怀，并且时时萦绕于心。因为，你也许能从中不断地得到启示，从中悟出一些人生的哲理。

这是二十多年前的事情了。有一次，我在上海大世界的露天剧场里看杂技表演，节目很精彩，场内座无虚席。坐在前几排的，全是来自异国的旅游者，优美的东方杂技，使他们入迷了。他们和中国观众一起，为每一个节目喝彩鼓掌。一位英俊的少年出场了。在轻松优雅的乐曲声里，只见他头上顶着高高的一摞金边红花白瓷碗，柔软而又自然地舒展着肢体，做出各种各样令人惊羡的动作，忽而卧倒，忽而跃起……碗，在他的头顶摇摇晃晃，却总是不掉下来。最后，是一组难度较大的动作——他骑在另一位演员身上，两个人一会儿站起，一会儿躺下，一会儿用各种姿态转动着身躯。站在别人晃动着的身体上，很难再保持平衡，他头顶上的碗，摇晃得厉害起来。在一个大幅度转身的刹那间，那一大摞碗突然从他头上掉了下来！

这意想不到的失误，使所有的观众都惊呆了。有些青年大声吹起了口哨……

台上，却并没有慌乱。顶碗的少年歉疚地微笑着，不失风度地向观众鞠了一躬。一位姑娘走出来，扫起了地上的碎瓷片，然后又捧出一大摞碗，还是金边红花白瓷碗，十二只，一只不少。于是，音乐又响起来，碗又高高地顶到了少年头上，一切都要重新开始。少年很沉着，不慌不忙地重复着刚才的动作，依然是那么轻松优美，紧张不安的观众终于又陶醉在他的表演之中。到最后关头了，又是两个人叠在一起，又是一个接一个艰难的转身，碗，又在他头顶厉害地摇晃起来。观众们屏住气，目不转睛地盯着他头上的碗……眼看身体已经转过来了，几个性急的外国观众忍不住拍响了巴掌。那一摞碗却仿佛故意捣蛋，突然跳起摇摆舞来。少年急忙摆动脑袋保持平衡，可是来不及了。碗，又掉了下来……

场子里一片喧哗。台上，顶碗少年呆呆地站着，脸上全是汗珠，他有些不知所措了。还是那一位姑娘，走出来扫去了地上的碎瓷片。观众中有人在大声地喊："行了，不要再来了，演下一个节目吧！"好多人附和着喊起来。一位矮小结实的白发老者从后台走到灯光下，他的手里，依然是一摞金边红花白瓷碗！他走到少年面前，脸上微笑着，并无责怪的神色。他把手中的碗交给少年，然后抚摩着少年的肩胛，轻轻摇撼了一下，嘴里低声说了一句什么。少年镇静下来，手捧着新碗，又深深地向观众们鞠了一躬。

音乐第三次奏响了！场子里静得没有一丝儿声息。有一些女观众，索性用手掌捂住了眼睛……

这真是一场惊心动魄的拼搏！当那摞碗又剧烈地晃动起来时，少年轻轻抖了一下脑袋，终于把碗稳住了。掌声，不约而同地从每个座位上爆发出来，汇成了一片暴风雨般的响声。

在以后的岁月里，不知怎的，我常常会想起这位顶碗少年，想起他那一夜的演出；而且每每想起，总会有一阵微微的激动。这位顶碗少年，当时年龄和我相仿。我想，他现在一定已是一位成熟的杂技艺术家了。我相信他不会在艰难曲折的人生和艺术之路上退却或者颓丧的。他是一个强者。当我迷惘、消沉，觉得前途渺茫的时候，那一摞金边红花白瓷碗坠地时的碎裂声，便会突然在我耳畔响起。

是的，人生是一场搏斗。敢于拼搏的人，才可能是命运的主人。在山穷水尽的绝境里，再搏一下，也许就能看到柳暗花明；在冰天雪地的严寒中，再搏一下，一定会迎来温暖的春天——这就是那位顶碗少年给我的启迪。

在急流中

贝江，从迷蒙的深山中流出来。湍急的江水，在曲折的河道中卷着浪花，打着旋涡，一路翻腾着奔向远方。

轮船顺流而下，江水拍击船舷，溅起一排排水花。我站在船头，悠闲地欣赏周围的风景。江两岸是绿荫蓊郁的青山，山坡上覆盖着翠竹和杉树，还有杜鹃。我想，若是在春天，漫山遍野的杜鹃盛开时，一定会很美。

我向前方望去，只觉得眼前一亮——急流汹涌的江面上，远远地出现了一只小筏子，就像一只小小的蜻蜓，落在水里拼命挣扎着逆流而上。划竹筏的好像是一个女人，因为远，看不清她的面容，只见她双手不停地划桨，驾驭着筏子，灵巧地避开险滩和礁石，在湍急多变的江水中曲折前行。她背着一个红色的包裹，远远看去，像一朵随波漂流的红杜鹃。

很快，小筏子就到了大船的跟前。划竹筏的，竟是一个年轻的母亲，她神色镇定，平静的目光注视着前方。她身后的红包裹，原来是一个襁褓，她是背着自己的孩子在江上赶路。我向她挥手，她朝我微笑了一下，脸上泛起一片红晕，马上又将目光投向江面，双手奋力划桨，继续在急流中探寻安全的通道。我发现，襁褓中的孩子将脑袋靠在母亲的肩膀上，正在酣睡，筏子上的颠簸和江上的惊险，他居然一无所知。

小筏子和大船擦肩而过，我们的相逢只在一瞬间。

在这个瞬间里，我感到惭愧。我，一个游山玩水者，悠闲地站在平稳的大船上欣赏风景；而她，一个背负儿女的母亲，却驾着小小的筏子在急流中搏斗。

回头看，那小筏子很快便消逝在远方，只有那耀眼的红色，在水烟迷蒙的江面上一闪一闪，像一簇不息的火苗……

在贝江上见到的这一幕，我很难忘记。急流中那位驾筏的年轻母亲镇定的神态，坚定的眼神，奋力划桨的动作，还有她那在襁褓中安睡的孩子，这一切，组合成一幅感人的图画，留存在我的记忆中，再也不会消失。在喧嚣的人世里，有几个人能像她那样勇敢沉着地面对生活的急流呢？

冰心有赠

我的书架上，有几本特别珍贵的书。其中有巴金赠我的书，也有冰心赠我的书。

在我的印象中，冰心是一位慈祥智慧的老人，想起她，我的心里总是荡漾着一种难以言喻的亲切感。1990年12月9日下午，我到她家里去看望她，冰心在她的书房里接待我。在见到她之前，我心里既激动又不安，惟恐自己打搅了她。见面时，她拉着我的手，笑着说："久仰久仰，我读过你的文章。"我问她身体怎么样，她又孩子般调皮地一笑，答道："我嘛，'坐以待毙'。"她的幽默驱散了我的紧张。

那天，她的兴致很好，我们谈了一个多小时，她一直在不停地说。话题从文学、历史谈到时下的社会风气。老人思路清晰，对社会生活非常了解，对国内外的事件和人物有深刻独到的见解。我谈到自己从她的作品中得到的教益时，她说："你读过我最短的一篇文章吗？只有五十个字。你不会看到的，给你看看吧。"说着，她从书橱里拿出一本书，书名为《天上人间》，是一本很多人怀念周恩来的书，她为这本书写了一篇极短的序文，全文只有三句话：“我深深地知道这本集子里的每一篇文章，不论用的是什么文学形式，都是用血和泪写出他们最虔诚、最真挚的呼号和呜咽。因为这些文章所歌颂、哀悼的人物是周恩来总理。周恩来总理是我国二十世纪的十亿人民心目中的第一位完人！冰心泪书。”她喜欢这篇写于1988年初的短文，大概是因为这些文字也表达了她对周恩来的感情。她对我说：“文章不在乎长短，只要说真话，短文也是好文章。”

冰心的书房很简朴，家里的陈设也极简单。她说：“有人建议，要我把家里弄得豪华一点。我不知道什么叫豪华。不过有现成的标本。前些日子有一位海外来客，访问我之前先去拜访了一个领导人，他说，那领导人家里的豪华，不亚于日本天皇。”说这些话时，冰心的脸上露出不屑的神情。我们谈到了社会风气，谈到了老百姓深恶痛绝的腐败，她用忧虑的口吻议论道：“古人说，大丈夫‘威武不能屈，富贵不能淫’，前面一条，很多人做到了，后面一条，我看现在很多人做不到。”我们还一起议论了很多其他事情，老人兴致勃勃，谈笑风生，说了一些流传在民间的笑话，引人发笑，她自己也忍不住笑。临走的时候，我把自己刚出版的一本《赵丽宏散文选》送给她，我在扉页上这样写：“敬爱的冰心老师：在风雪弥漫的日子里，你的正直和诚实为我们点燃了温暖的灯。”这些话发自我的肺腑。她仔细看了我的题字，微笑着说："谢谢你写得这么好。"说罢，她站起来，走到身后的书橱前，嘴里轻声说："我要送一本书给你。你送我散文选，我也送一本散文给你吧。要送一本和你给我的一样厚啊。"说着，她从书橱中抽出一本《冰心文集》第五卷，这是上海文艺出版社1990年刚出版的新书。她拿了书后，又回到书桌前坐下，用手边的一支圆珠笔在扉页上为我题写了一句话："说真话就是好文章。"旁边又写："丽宏小友正"，再署名，写日期。

这次会面的一年之后，我写完了反思"文化大革命"的散文集《岛人笔记》，想请冰心老人为这本书写一篇序。我给她写了信，并寄去了其中的部分文章。不久后，老人就给我回了信，信写得很短，然而含义幽邃，引人深思。她在信中说："'文化大革命'是大家的灾难，我们都有同感，现在回想起来，这件事使我大彻大悟，知道'尽信书则不如无书'的古训，个人崇拜是最误人的东西。"她在信中告诉我，她身体不好，住了几天医院，"恕我不能写序了，写个书字，如何？"信中寄来了她用毛笔写在宣纸上的"岛人笔记"四个字。我的《岛人笔记》虽然没有冰心的序文，但有了她为我题写的书名，使我欣慰。书法家周慧珺看到冰心为我题写的书名后，称赞她的字写得好，说冰心的字清秀脱俗，有骨力，就像她的为人。

我和冰心的会面，仅此一次，我永远也不会忘记。她对我说的那些话，至今常常在我的心头萦绕。而她赠我的这本《冰心文集》，以及她的信和题字，成为老人留给我的最珍贵的纪念。

流水和高山

在宁静的西湖畔，凝视波光潋滟的水面，我的心里回荡着音乐。

在九寨沟，欣赏那些水晶一般清澈晶莹的流水时，我的心里回荡着音乐。

在黄山，惊叹着群山千姿百态的变化时，我的心里回荡着音乐。

在黄河边上，看那混浊的急流翻卷着漩涡滔滔奔泻，我的心里回荡着音乐。

在峨眉山顶，俯瞰着在翻腾的云海中起伏的群山，我的心里回响着音乐。

坐船经过长江三峡的时候，面对着汹涌的急流和峻峭的危岩，我的心里回响着音乐。

……

面对着流水和高山，我想起了人类历史上两位最伟大的音乐家，他们是贝多芬和莫扎特。

也许有人会说，置身于中国的山水，你的心里为什么会回荡外国人的音乐？我想，答案其实很简单，美好的音乐没有国界，它们无须翻译，无须解释，便能毫无阻拦地逾越语言和民族的藩篱，沟通人类的心灵，拨动情感之弦。在大自然奇妙的韵律中，想起这两位音乐家，在我是情不自禁的事情，听他们的音乐时，我不觉得他们是外国人，只感觉他们是和我一样的人，他们用音乐表达对世界和生活的看法，用音乐抒发他们心中的诗意。他们的音乐感动了我，激动了我，他们的音乐把大自然和人的情感奇妙地融合为一体，使我恍然觉得自己也成了大自然的一部分，成了音乐中的一个音符。记得很多年前，在一些愁苦的日子里，我把自己关在屋子里，一遍又一遍倾听莫扎特的钢琴协奏曲，从他儿时创作的第一钢琴协奏曲，一直到他晚年写的第二十七钢琴协奏曲，听着这些优美的钢琴曲，如同沿着一条迂回在幽谷中的溪涧散步，清凉晶莹的流水洗濯着我的疲惫的双脚，驱散了我心头的烦恼。

莫扎特的音乐如同清澈的流水，在起伏的大地上流淌。这流水时而平缓时而湍急，然而它们永远不会失去控制，始终保持着优美的节奏，它们在风景如画的旅途上奔流，绿荫在它们的脚下蔓延，花朵在它们的身边开放，百鸟在它们的涛声中和鸣，有时，也有凄凉的风在水面吹拂，枯叶像金黄的蝴蝶，在风中飘舞……这样的景象，绝不会破坏它们带来的美感。莫扎特的旋律中有欢乐，也有悲伤，但，没有发现他的愤怒。莫扎特可以把人间的一切情绪都转化为美妙动人的旋律，甚至他的厌恶。这是他的神奇所在。他的追求，何尝不是艺术的一种理想的境界？在人类艺术的长河中，有几个人能达到这样的境界？莫扎特为法国圆号写过几首协奏曲，都是为当时的一个业余法国圆号演奏家所作。莫扎特看不起这个没有受过多少教育的演奏家，在写给他的曲谱上，莫扎特用“笨驴、牛、笨瓜”这样的词儿来称呼这位演奏家，其厌恶之心溢于言表。然而不可思议的是，他在曲谱上写出的旋律，却是人间少有的优雅的音乐，这些音乐当时就让人着迷，它们一直流传到现在，能使现代人也陶醉在它们那迷人的旋律中。所以有人说，莫扎特是上帝派到人间来传送美妙音乐的特使。我想，只要人类存在一天，莫扎特的音乐就会存在一天，人世间的变化再大，人类也不会拒绝莫扎特的音乐，就像人类永远不会离开奔瀊的流水。

曾经听到一些自称喜爱音乐的人宣称：不喜欢莫扎特。莫扎特太甜美。仿佛喜欢了莫扎特，就是一种浅薄。这样的看法使我吃惊。在人类的历史上，有哪个音乐家为这个世界创造了如此丰富众多的美妙旋律？创造美，竟然可以成为一种罪过，岂不荒唐。我听过莫扎特生前创作的最后几部作品，他的第四十交响曲，他的《安魂曲》。这些在贫病交迫的境况中写成的音乐，把忧伤和困惑隐藏在优美迷人的旋律中，听这些旋律，只能使人对生命产生依恋，只能对生活产生憧憬。一个艺术家，面对着穷困和死神，依然为世界唱着美丽的歌，这是怎样的一种境界？把这样的境界称之为“浅薄”，那才是十足的浅薄。

听贝多芬的交响曲，很少有人不被他的激情所振奋。即便是那些对音乐没有多少了解的人，也能在他气势磅礴的旋律中感受到生机勃勃的力量，感受到一种居高临下、俯瞰大地的气概。就像读杜甫的《望岳》，“会当凌绝顶，一览众山小”。音乐家把心中的音符倾吐在乐谱上时，灵魂中涌动着多少澎湃的激情？贝多芬的其他曲子，也有相似的特点。我很难忘记第一次听贝多芬的第五钢琴协奏曲时的印象，当钢琴高亢激昂的声音突然从协奏的音乐中迸出时，我的眼前也出现了流水，不过这不是莫扎特的那种缓缓而动的优雅的流水，而是从悬崖绝壁上倾泻下来的飞瀑，是从高耸入云的阿尔卑斯山上一泻千里的急流，这急流挟裹着崩溃的积雪和碎裂的冰块，它们互相碰撞着，发出惊天动地、惊心动魄的轰鸣。我无法理解，这样的音乐，为什么会有《皇帝》这么一个别名，不喜欢皇帝的贝多芬，难道会喜欢用《皇帝》来为这样一部激情铿然的作品命名？如果用“阿尔卑斯山”作为这部钢琴协奏曲的名字，该是多么贴切。在莫扎特的音乐中，似乎很少出现这样强烈的、激动人心的声音。如果是莫扎特的河流，他不会让流水飞泻直下，也不会让那些冷冽的冰雪掺和在他的清澈的流水中，他一定会寻找到几个平缓的山坡，让流水减慢速度，委婉地、迂回曲折地向山下流去。这样的流水，当然也是美，不过这是另外一种韵味的美。

在贝多芬的音乐中，我很自然地联想起那些高耸入云的山峰，它们以宽广深沉的大地为基础，以辽阔的天空为背景。它们像自由不羁的苍鹰俯瞰着大地，目光里出现的是大自然的雄浑和苍凉，是人世间的沧桑和悲剧。只有那些博大的灵魂，才可能描绘这样气势浩大的景象。

然而，贝多芬的山峰绝不是荒山。他的山峰上有蓊郁的森林，也有清溪流泉。他的钢琴奏鸣曲《月光》，便是倒映着清朗月色的高山湖泊，他的那些优美的钢琴三重奏，便是清澈的山涧，在幽谷中蜿蜒流淌……当音乐跌宕起落、震天撼地时，他的山峰便成了洪峰汹涌的峡谷，轰然喷发的火山。

曾经听一位西方的指挥家这样评论贝多芬：他把心中的愤怒、焦灼和困惑直接用音乐宣泄出来。在他之前，还没有人这样做。这就是现代音乐和古典音乐的分界。这样的结论，对于音乐史或许有些武断，但作为对贝多芬的评价，却一点没有错，这大概正是贝多芬对现代音乐的贡献。把心中那些复杂焦虑的情绪化为音乐的旋律，也许改变了古典的和谐优雅，使有些人觉得惊愕，觉得不那么顺耳，然而这种复杂心情，绝非贝多芬一人心中所独有，他用如此强烈激荡的形式把这种心情表达了出来，当然能使无数人产生共鸣。对那些萎靡不振、沮丧悲观的灵魂，贝多芬的音乐是一帖良药。正如萧伯纳在《贝多芬百年祭》中所说：他不同于别人的地方，就在于他那令人激动的性格，他能使我们激动，并把他那奔放的激情笼罩着我们。贝多芬的音乐是使你清醒的音乐。

如果有人问我：面对着这样的流水和这样的高山，你更喜欢谁？我很难回答这个问题。最近读法国钢琴家大卫·杜波的《梅纽因访谈录》，书中，大卫·杜波问梅纽因：在贝多芬和巴赫、莫扎特之间，谁更伟大？这个问题使梅纽因颇费神思。他这样回答："我没有必要把他们摆到同一水平线上去衡量，但我的生活中的确不能缺少他们之中的任何一位，除了贝多芬，我也不能没有莫扎特、巴赫、舒伯特及其他许多人。"我想，在音乐的世界里，不能没有贝多芬，也不能没有莫扎特，少了他们两位中的任何一位，这世界就是残缺的。在这两个音乐大师中，谁也无法下结论说哪个更伟大，更了不起。就像在评价中国的唐诗时，你很难说李白和杜甫这两位大诗人中，谁更伟大，谁更了不起。如果把莫扎特比作流水，那么，贝多芬就是高山。流水和高山，都是大自然中最精彩的风景，流水的活泼清逸和高山的峻拔秀丽，同样令人神往。我们的大地上，不能没有流水，也不能没有高山。高山和流水，常常是那么难以分割地连在一起。高山因流水而更显其伟岸，流水因高山而更跌宕活泼。没有高山，也就不会有流水，而没有流水的高山，则必定是荒山。我并不关心人们怎样为莫扎特和贝多芬的音乐风格定义。古典主义也罢，浪漫主义也罢，这些帽子，怎么能罩住音乐塑造的丰富形象和复杂微妙的情感？

听莫扎特的音乐，你可以坐下来，静静地欣赏，犹如面对着水色潋滟、风光旖旎的湖水。你会情不自禁地陶醉在他的音乐中，让想象之翼做彩色的翔舞。

听贝多芬的音乐，令人激动，令人坐立不安。在那些跌宕起伏的旋律中，你仿佛疾步走在崎岖的山道上，路边万千气象，让你目不暇接。你也很可能产生这样的担忧：前面，会不会突然出现一个悬崖，会不会一失足跌落进万丈深渊？

这样的境界，都是诗意盎然的人生境界。

是的，莫扎特和贝多芬，常常使我想起中国的李白和杜甫。李白和杜甫虽然都生活在盛唐，却是一前一后，擦肩而过。然而两个人的诗歌一起留了下来，成为那个时代留给世界的最响亮最美妙的声音。李白和杜甫相处的时间极短，却互相倾慕、互相理解，并将文人间这种珍贵的友谊保持终身。“白也诗无敌，飘然思不群”“笔落惊风雨，诗成泣鬼神”。这是年轻的杜甫对李白的赞叹。“不愿论簪笏，悠悠沧海情”。这是诗人对诗艺和友情的见解。而李白一点也没有因为年长于杜甫而摆架子，两人结伴同游齐鲁，陶醉于山水，分手后，互寄诗笺倾诉别情。李白诗曰：“思君若汶水，浩荡寄南征。”杜甫也以诗抒怀：“寂寞书斋里，终朝独尔思。”“罢席惆怅月照席，几岁寄我空中书？”李杜之间的友情一如高山流水，绵延不绝。莫扎特和贝多芬也是同一时代的两位大师。对贝多芬来说，莫扎特是长者，是前辈，在艺术上，贝多芬对莫扎特满怀敬意，称他是“大师中的大师”。尽管他对莫扎特的生活态度不以为然。而莫扎特生前听到尚未出道的贝多芬的曲子后，也曾真诚地预言说："有一天，他会名扬天下。"较之李白和杜甫，莫扎特和贝多芬之间的交流也许更少，两人之间大概也谈不上有什么友谊，但是作为音乐家，他们的心是相通的。在莫扎特《天神交响曲》震撼天地的旋律中，贝多芬大概终于忘记他所有的成见，因情感共鸣而手舞足蹈了……

莫扎特和贝多芬的时代早已远去。欣赏音乐的现代人恐怕不会去计较作曲家当时的身份，也不会去追索他对当时的皇帝持什么态度，更不在乎他当时穿的是"宫廷侍从的紧腿裤"，还是"激进共和主义者的散腿裤"。重要的是音乐本身，如果音乐家在作品中阐述了他对美的特殊理解，倾诉了他美妙的真情，那么，他的音乐就会长久地拨动听者的心弦。因为，他留下的旋律，是人类的心声，是美好感情的结晶，它们不会因为岁月的流逝而消失，也不会因为世事的更迁而变色。最无情的是时间——多少名噪一时的艺术，被时间的流水冲刷得一干二净，原因无他，因为它们不是真正的艺术。最公正最有情的也是时间——生时被误解，被冷落，死时连一口棺材也买不起，然而他的音乐却随岁月之河晶莹四溅地流向了未来。时间对他们来说绝不是坟墓，而是功率无穷的扬声器。

高山巍巍。流水潺潺。能在莫扎特和贝多芬的音乐中徜徉于美妙的高山流水，真是人类的福分。

1996年秋日于上海四步斋

散文精读·赵丽宏 >>

游记

炊　烟

在人迹罕至的深山密林里，假如看见一缕炊烟……

在饥肠辘辘的旅途中，假如看见一缕炊烟……

也许不会有什么比它更亲切了。那是一种动人的招手，是一种充满魅力的微笑，是一个似曾相识的陌生人，友好地向你挥动着一方柔情的白手绢……

掸落飘在肩头的枯叶，擦了擦额头的汗珠，我终于看见了在远方山坳里的炊烟，它优美地飘动着，无声无息地向我透露着一个质朴的希望。心中的惶乱被它轻轻地抚平了——在深山里走了大半天，饥饿、疲乏、山重水复的怅惘，曾经使我的脚微微地颤抖，步伐也失去了沉稳的节奏……

我急匆匆地走向山坳，走向炊烟。我想象着炊烟下可能出现的情景：大蘑菇似的小木屋，屋里，许是一个白胡子的看林老人，许是一个山泉般水灵的小姑娘，都带着一些童话的色彩……

果然看见两间小木屋了，只是普普通通，不像大蘑菇。木屋里走出一个胖胖的中年妇女，黑红的脸颊上，洋溢着只有山里人才有的那种健康的光彩。“客人来啦，快进屋里歇吧！”没等我开口，她就笑声朗朗地叫起来，一个矮小的男人应声走出来，这自然是她的丈夫了，他只是微笑着点头，似乎有些腼腆。

“能不能……麻烦买一点吃的？”早已过了吃午饭的时间，我不好意思地问。

“那还要问，坐下，先喝碗茶！”她把我按在一把竹椅上，转身从灶台的铁锅里舀给我一碗热气腾腾的开水，又悄声叮嘱了丈夫几句，那男人一声不吭地走出门去了。

灶台有点脏，她也许怕我看了不好受，找来一块抹布仔细擦了一擦。“山里人邋遢，将就一下啦！”她一边笑着，一边又从水缸里舀水洗那口空着的铁锅，一连洗了三遍。

不一会，那男人拎着满满一篮红薯和芋头回来了，并且已经在山溪中洗得干干净净。她把红薯和芋头倒进锅里，坐到灶背后烧起火来，他不知又到哪里去了。

小木屋里静下来，只有门外的哗啦哗啦的林涛和灶膛里哔剥哔剥的柴火，一起一落地在耳畔响着，协奏出一首奇妙的曲子。我喝着茶，打量着小木屋里的一切：简朴而结实的桌、椅、橱；门背后各种各样的农具；一架亮晶晶的半导体收音机，挂在一张毛茸茸的兽皮边上……这山里的农户，真有点世外桃源的味儿了。

红薯和芋头馋人的香味在小木屋里飘漾起来。“吃吧，爱吃多少就吃多少，只是别嫌粗糙啦。”她把一大盆冒着热气的红薯、芋头放到我面前。

哦，红薯和芋头，竟是那么香，那么甜，不仅抚慰了我的饥肠，也驱除了我的疲乏。这是我一生中最美的午餐之一！

她坐在一边，快活地笑着看我狼吞虎咽，手中，不停地打着一件鲜红的毛衣，毛衣不大，像是给孩子穿的。

“你有几个孩子？”

“有两个女儿，到山外读书去了，一个上小学，一个念中学，都寄宿在学校里。我想让她们将来都上大学呢！现在山里人富了，什么也不愁，就指望孩子们有出息。”她笑着回答，语气是颇为自豪的。这小木屋里，也有着和山外世界同样的憧憬和向往……

吃饱了，歇够了，该继续赶路了。我掏出一些钱给她。

“钱？”她又笑了：“这儿不是商店，快放回你的口袋里吧。如果不忘记山里的人，以后再来！”我的脸红了，也不知是为了什么，也许是为了这城里人的习惯……

起身走时，我发现背包变得沉甸甸的，打开一看，竟塞满了黄澄澄的橘子！是他，原来刚去了橘林。“都是自家种的，带着路上解解渴。”他在一边腼腆地笑着，声音很轻，却诚恳。

我走了。她和他并肩站在门口，不停地向我挥手。

“再来呵！”他们的声音在山坳里回荡……

走远了，小木屋消失在绿色的林涛之中，只有那一缕炊烟，依然优美地在天上飘……再来，也许永远没有机会了，然而我再也不会忘记武夷山中的这一缕炊烟，炊烟下，并没有什么动心夺魄的传奇故事，却有真诚，有纯朴，有人间最香甜的美餐……

庐山雪

听说我想带着全家人去看冬天的庐山，南昌的朋友笑了。他说："冬天山上有雪，没有人。这不是旅游季节，你去干吗？"听他这么一说，我也笑了。我说："我就是想去看看庐山的雪，就是想在没有人的时候感受一下庐山的宁静。"

阳光普照大地。庐山脚下，是一派暖冬的景象，常青的乔木在阳光下摇动着生命的绿色。我们的汽车从向南的后山盘旋上山。看着从车窗外流泻进来的阳光，我不禁暗忖：这样的天气，在山上能看到雪吗？这念头刚在我的心头闪了一下，车窗外的景象就开始变化了。阳光突然消失，从渐渐稀疏的树枝空隙间露出的天空变得灰暗了，风也不知从什么地方跑出来，一阵紧似一阵，把山坡上的树林刮得哗哗作响。我正在惊讶天气的无常，眼帘中倏忽一亮：一簇积雪，在一块背阳的岩石上闪烁着晶莹的白光。还没等我表示诧异，白花花的雪色就从四面八方向我涌来。它们一丝丝、一片片、一团团、一簇簇，有的堆积在路边，有的撒落在松叶间，有的依附在树干上，有的凝结在岩石的缝隙中，这些星星点点的雪，竟也把寂静的山林装点成一个银装素裹的白雪世界。这雪虽然谈不上铺天盖地，但已经把先前在山脚下感受到的暖意驱散。山上和山下，是两个季节，两个天地。

车到山顶，呈现在我面前的是一个冰雕雪砌的世界。雪是前几天下的，但山上的雪不会化。山坡上，路上，到处是厚厚的积雪。高大的松树成了真正的雪松，它们披着银色的长袍，千姿百态地站立在路边，默默迎候着上山的人。庐山的别墅一栋栋隐没在白茫茫的雪色中。清一色的雪覆盖了原本多彩的房顶，帘子低垂的窗户紧闭着，没有一个烟囱在冒烟。那些记录着中国历史上一些重要事件的老房子，那些每年夏天都会风流一时的别墅，此刻都已进入冬眠状态，曾经发生在这些房子里的悲欢离合，仿佛也都被白茫茫的大雪淹没了。

南昌的朋友说得很对，冬天的庐山，有雪，无人。我们的汽车在结了冰的公路上无法再走，轮子在冰面上直打滑。我们下了车。儿子像一只欢乐的小兔子，大声呼喊着，奔跑着，在路边的一片雪地上清晰地踩出第一行脚印。夏天热闹得像大城市一样的牯岭街上，此刻只走着我们一家人。脚踩在雪地上，发出清脆的“嚓嚓”声，这轻微的声响，仿佛在寂静的空气中荡漾着无穷无尽的回声。这时，太阳突然从云层里露出脸来，灿烂的阳光照在雪地上，反射出耀眼的亮光，一阵微风掠过，树上的积雪纷纷扬扬飘落下来，抬头望去，漫天闪烁着晶莹剔透的雪花。看大雪在阳光里飘然纷飞，真是奇妙的景象。站在街边临崖的花园里放眼远眺，周围的每座峰巅上都有积雪，它们就像一群白发苍苍的老人，默默地凝视着云天，阳光在它们的头顶上反射出缤纷的光芒。俯瞰山谷，雪色渐淡，起伏的树冠在阳光下呈现出斑驳七色，其间也闪烁着星星点点的雪光，只是这雪色比山顶上要稀疏得多。环顾四周，我感受到了天地的辽阔，感受到了大自然的空旷和幽静。儿子对着山谷大声呼喊着，四面八方响起了悠远的回声……

阳光很快消失，天空复又变得灰暗。风大了一点，树上的雪花不断地被吹落下来，仿佛又下起雪来。我们驱车来到花径。在我的记忆里，花径，是庐山最热闹的风景点。白乐天当年流连忘返的赏花吟诗之地，似乎永远被兴致勃勃的人群包围着。现在，花径门口看不到一个人影，公园大门敞开，连门口卖票的人也不知躲到什么地方去了。那扇著名的石门两边，“花开山寺，咏留诗人”两行字已经被冰霜覆盖，门楣上“花径”两个字也被晶莹的雪花填满，呈现在我眼前的，是一扇肃穆的冰雪之门。从门洞中望进去，满目皆白，路、树、湖岸、花坛、亭台楼阁，全都被积雪笼罩着，夏日里花团锦簇、人流汹涌的花径，现在成了洁白清冷的冰雪世界。这形象，一扫花径原来留在我心中的艳丽繁杂的印象。

“为什么叫花径？”走在遍地霜雪的路上，儿子问我。

“因为这里到处是花。”我回答。

“花在哪里？”

我正要告诉儿子，只有夏天，才能在这里看到花。而儿子突然兴奋地大喊起来：“看，花！”

我一惊，以为儿子找到了在冰雪中开放的蜡梅。然而儿子却指着路边的松树，指着被霜雪覆盖的松枝。我这才注意到，这些松枝犹如一串串形状奇异的白色花束，它们的花瓣，是无数晶莹透亮的雪花和冰珠，它们紧密相挨，以出人意料的方式堆砌排列着，组合成一片雪白的花海。在风中，它们微微颤动，闪烁着晶莹的光芒。这一树接一树的冰雪之花，比我看到过的梨花、樱花更繁茂，更轰轰烈烈。大自然真是一位神奇的雕塑家，用霜雪把平凡的松树装点成举世无双的晶莹之花。最奇妙的是，松树上那些无叶的枯枝，寒冷的北风刮过来的霜雪在它们向北的那一面堆砌起来，竟然堆起有一两寸厚，尽管薄薄的如同刀剑，却任凭风吹树动而不掉下来，牢牢地依附在树枝上。

儿子从树枝上剥下一段霜剑，在莹洁如玉的雪地上练起武功来，一不小心，滑倒在雪地上，喊声和笑声顿时飞越结了薄冰的湖面，在寂静中向四面八方扩散，空荡荡的花径中到处流动起欢乐的人声……

我到过庐山三次，都是在盛夏，记忆中这是一个人流汹涌的地方，游人的喧哗，掩盖了大自然的宁静。即便是在最幽静的山谷中，只要有名胜风景，就有慕名而来的游客，就有吵吵嚷嚷的人声。喧喧人迹使大自然变得面目全非。我想，庐山若是个有知觉、喜安谧的隐士，他一定会心烦的。消暑的游客们寻欢作乐的时光，正是他不胜烦恼的时刻。而此刻，这苍茫素净的天地间，好像只剩下我们几个人，陪伴我们的，只有洁净的白雪，只有沉默的群山，只有在云层和雪峰间出没的阳光，只有在丛林中悠闲踱步的微风。我面对着的，是一个挣脱了喧嚣和躁动不安的庐山，是一个“回归自然”的庐山。而使庐山得以“回归自然”的，是冬天，是寒冷，是铺天盖地的雪。人类怕热，也怕冷，怕热使人们云集在庐山，怕冷又使人们远离庐山。怕冷的人们啊，你们因此就和美妙的庐山雪景无缘了。

离开花径，又去了仙人洞。大概是向阳的关系，仙人洞前竟看不到多少雪，只有背阴的岩石缝隙中留有一些残雪。但也没有人，这个充满了人和神的传说的岩洞，现在像一个清静的道家圣地了。在洞口碰到一个年轻的道士，用惊奇的目光看着我们。从他的目光中可以得知，踏雪上山的人少得可怜。

本想在山上过夜，然而却找不到旅馆。所有的宾馆、招待所、小别墅都锁上了大门。风越来越大，天色也越来越暗，我们只能驱车下山，到九江去过夜。上山时走的是南山，下山我们想走前山。南昌的朋友说：“前山恐怕不好走。”我问为什么，他答道：“那是北山，冰雪太重。”我们全家都不理会他的看法，大家都想走一条新路下山，可以看到上山时没见识过的风景。南昌的朋友笑着说：“那好，一起去见识一下吧。”

没想到，车开到北山口，展现在眼前的竟是一幅冰天雪地的骇人景象。呼啸的北风卷起漫天雪花，公路上铺着厚厚的冰雪，迷蒙的雪雾中，根本看不清下山的路。汽车还没开出山门，轮子已经在路面上打滑。在这样的路上下山，简直是拿性命开玩笑了。在这样的风雪中，恐怕不再会有审美的雅兴，只有担忧和恐惧了。再也没有谁表示异议，汽车掉头，让风雪背对我们，然后再走原路下山。

南山，是另外一种温和的表情。没有风，路上的冰雪也已经融化。离开山顶后，雪越来越少，天色也显得亮起来。车到半山时，居然看到一缕斜阳照在山坡上，树上的霜雪化成了水滴，无声地往下滴落着……这时，想到大山另外一边的风雪，仿佛到了另一个世界。在南北这两个不同的世界之间，一座幽静的、晶莹的庐山，美好地留在了我的记忆里。

1995 年 12 月 11 日

望星空

童年时，常在夏夜仰望星空，那是记忆中神奇的时光。生活在上海这样的都市，只能从楼房的夹缝中看见巴掌大的天空，但这并不妨碍我对夜空的观察。儿时调皮，也大胆，在炎热的夏夜，家里闷热睡不着，便一个人悄悄走到晒台上，爬上屋顶，在窄窄的屋脊上躺下来。这时，头顶的夜空突然变得阔大幽邃，星星也繁密了，星光也清亮了，平时看不见的银河，从夜空深处静静地流出来。身畔有夜鸟和飞蛾掠过，轻声的鸣叫，伴随着羽翼振动，梦一般飘忽。如果有流星滑过夜空，我会轻声发出惊叹……这时，心里很自然想起背诵过的一些古诗，诗中也有星空。我想，古人看见的夜空，和我看见的夜空，应该是一样的吧。至今仍记得当年常想起的那几首诗。

一首是刘方平的七绝《月夜》："更深月色半人家，北斗阑干南斗斜。今夜偏知春气暖，虫声新透绿窗纱。"这首诗，仿佛就是写我仰望星空的景象。四句诗，前两句写夜空，月色星光，伴随时光流转，后两句写大地，暖风拂面，春色轻盈，天籁荡漾，令人心驰神往。

一首是杜牧的七绝《秋夕》："银烛秋光冷画屏，轻罗小扇扑流萤。天阶夜色凉如水，卧看牵牛织女星。"这是我最喜欢的唐诗之一，诗中安谧美妙的情景，使我感觉熟悉亲切，也引起我无穷的联想。尤其是"天阶夜色凉如水"一句，说不出的传神和形象，夜空如深不可测的海洋，波澜漾动，多少遥远的人物和故事，都涵藏在其中，缥缈而神秘。

杜牧的《秋夕》，使我想起郭沫若的诗《天上的街市》，那也是儿时喜欢的诗篇：

远远的街灯明了，
好像闪着无数的明星。
天上的明星现了，
好像点着无数的街灯。
我想那缥缈的空中，
定然有美丽的街市。
街市上陈列的一些物品，
定然是世上没有的珍奇。
你看，那浅浅的天河，
定然是不甚宽广。
那隔河的牛郎织女，
定能够骑着牛儿来往。

我想他们此刻，
定然在天街闲游。
不信，请看那朵流星，
那怕是他们提着灯笼在走。

我曾想，郭沫若写这首诗时，应该也是在这样的夏夜，仰望着星空，他的心里，大概也会想起杜牧的诗吧。记得我模仿写过类似的诗，幻想自己变成一颗流星，滑过夜空，在瞬间看到无数天上的景象。尽管写得幼稚，却是我和缪斯最初的亲近。

2007年8月

江南片段

江南好，
风景旧曾谙。
日出江花红胜火，
春来江水绿如蓝，
能不忆江南。

唐·白居易《忆江南》

江南的水

很多年前写过一篇文章，题目就叫《水做的江南》。在我的印象里，江南是水做的。

江南到处是水，池塘沟渠，溪涧流泉，江河湖泊……登高四望，如明镜般闪烁的，是水，如玉带般蜿蜒的，是水，如珍珠般滚动的，是水。多雨时节，江南就在雨的帘幕笼罩之下。绵长的雨丝把天和地连成一体，把江南织成一个水的世界……

江南是流动的水，是翡翠一样清碧的流水，是茶晶一般透明的流水，是云烟一样飘逸的水。这样的水，可以栽莲养荷蓄蛙鼓，可以濯足泛舟消春愁。这样的水，可以泡龙井茶，可以沏碧螺春，也可以酿酒，酿清冽甘甜的米酒，酿芬芳醇厚的加饭、花雕、女儿红……

要说江南之水的清丽柔美，当然首推杭州西湖。被逶迤的小山环抱着的西湖，是一位性情柔和的南国美人。她的表情永远是那么温婉平和，或者面含微笑，明眸流盼，或者凝神遐思，目光沉静，或者愁容半掩，视野朦胧……西湖最美的时辰，当然是春天和秋日。春必须是初春，有雨有雾，湖光山色隐约在雨雾里，使人一时看不清她的真面目，而那种迷蒙空灵的景象，活脱脱就是写意的中国水墨画。这样的画面，很自然地会叫人联想起宋人赵芾和夏圭描绘西湖烟雨的画。当然，还有名垂画史的宋代“米氏云山”，大书画家米芾和他的儿子，那位自称“戏墨”的米友仁，他们父子俩的山水写意画把烟雨迷蒙的湖山描绘得出神入化，使后人叹为观止。我想，米氏父子，当年一定常常在初春的雨中泛舟西湖，是千变万化的江南山水给了他们创作的灵感。不过，和变幻莫测的江南春色相比，画家的笔墨永远会显得贫乏。被画家用墨彩留在画纸上的，只是江南万千姿态的一二种。雨中的西湖美妙，晴天的西湖同样迷人。当娇艳的春日冲破云雾的阻挡，突然照到西湖上时，湖面上闪动着万点金鳞，湖光又反照到天上，把周围的群山辉映得一片灿烂。这时，倘若你正泛舟在湖中，从湖面蒸腾出的水汽氤氲飘升，明晃晃的湖光山色便全都在这无形的水汽中飘摇颤动起来，金色的阳光，翠绿的山林，缤纷的花卉，湖上泛动的小船，以及在苏堤、白堤和湖岸走动的游人，全在这氤氲水汽中晶莹透明地融为一体。秋日的西湖，最佳时刻是在深秋。湖上的暑气此时已散尽，湖周围青翠明丽的色彩开始显得深沉，翠绿的水杉变成了墨绿，倒映在湖面上的杨柳和梧桐的绿色浓荫变成了金黄和橙红。随风飘落的树叶犹如金色蝴蝶，在空中翩翩起舞，它们停落到湖上，便在水面弄出许多细微的涟漪。湖里的荷花早已花谢叶败，枯黄的荷叶以各种各样的姿态残留在水面上，使人情不自禁想到"留得残荷听雨声"这样的古诗。千百年过去，人间世事沧桑，今非昔比。然而将眼光凝视西湖，凝视江南的山水，却依旧能体会浪漫的古人面对自然时涌动的诗情。在杭州生活多年的苏东坡，写出"若把西湖比西子，淡妆浓抹总相宜"这样的诗，实在是有感而发。

西湖的水，有时候总感觉是太静了一点，太安分了一点。这时，便会想起九溪十八涧那些清澈活泼的流水。在江南，有多少这样的活水，谁能计算呢？从江南的山野和田园里走来的人，几乎人人都能向你描绘出几处你从未听说过的清泉和溪流。不过，如果把江南的水都想成西湖这样的静水，或者是九溪十八涧这样的细弱之水，那也是错。江南的水，也有雄浑壮阔的气象。我在无锡太湖边住过不少日子，太湖的万顷波涛，常常使我想起浩瀚的海。碰到有风的日子，湖面翻涌起万顷波涛，涛声阵阵犹如浑厚的鼓号，让闻者顿生豪气，心中的慵困和委顿被荡涤得干干净净。如果这样的水还嫌气势不够，那好，还有更壮观的。到农历八月十八日，到海宁看“钱塘潮”去。那汹涌而来的大潮排山倒海，惊天动地，咆哮的浪涛崩云裂石，可以让胆怯者魂飞魄散，也可以让豪爽者心旷神怡。这潮水，不仅在江南，就是在中国，在世界，也是罕见的奇观。看过这样的潮水，有谁还会说江南的水都是柔弱之流呢。

水，是江南的血脉，没有这些晶莹灵动、雄浑博大的水，也就没有了江南。

关于桥

和水连在一起的，是桥。江南是水的世界，自然也是桥的世界，如果没有桥，江南就成了一片被流水分割成碎片的土地。是桥把这些被分隔开的土地连成一个整体。在江南，有不少城镇被人们称为“桥乡”，因为，在这些城镇，目之所及，到处是桥。桥，凝结着江南人的智慧。

在江南的乡间，从前有很多木桥。这些木桥，大多结构简单，桩柱，桥梁，都是未经雕凿的原木，桥面或者是木板，或者是拳头粗的枝条。然而就是这些简单的桥，江南的人们可以把它们造得千姿百态，没有一座重复。记得小时候去乡下，见过一座小巧的木桥，长不过四五米，桥栏杆是用一些圆木棍搭成的，这些圆木棍似乎是很随意地排列着，却拼出了精美的图案。桥头有一个木头的凉亭，凉亭的廊柱和围栏被过桥人的手抚摸得油光闪亮，亭子的屋檐下，镶嵌着一条条雕花板，那上面雕刻的花纹我至今还记得，梅兰竹菊，还有在花丛里扑蝶的小孩。我喜欢走这座桥，走在桥上，桥面在脚下微微晃荡，仿佛能感觉到流水的波动。在算不上风景名胜之地的乡间，人们会想到修建这样既实用又有审美价值的木桥，实在很难得。要知道，那时，农民非常穷，在贫穷的状态中依然能保持这样的雅兴，依然不忘记追求艺术和美，这大概是值得骄傲的事情。如果没有进取之心，没有对生活的憧憬和希望，绝不可能这样。这样的木桥，大概很难保存到现在了，岁月的风雨会毁了它们。

江南的桥，更多的是石桥。它们才是长寿的。我喜欢看那些古老的石桥，它们给人的印象，是刚劲有力。江南的石桥，把粗犷和精巧，奇妙地结合在一起。造桥的石头往往都没有经过磨砺，还保持着它们从山中被开采出来时的模样，质朴而粗犷。由它们组合成的石桥却是千姿百态。有时候，简洁的几根石条，便搭成了一座简易的桥；有时候，石块和石条组合成造型繁复的拱桥，桥身高高拱起，桥下是可以行船的圆形桥洞。这些桥，和威尼斯的那些拱桥有些相似，桥上行人，桥下过船，但建筑的风格却完全不同。陈逸飞在他的油画中画了江苏周庄的两座石桥，油画由美国的大收藏家哈默收藏，又转赠给邓小平，此画成为新闻眼，频频出现在电视、报纸和众多的杂志上。周庄和周庄的石桥也因此名扬天下。一些对中国知之甚少的外国人甚至把这桥看成了中国江南的象征。我去过周庄，被陈逸飞画过的双桥，确实是两座很别致的石桥。不过，在我的印象中，类似的石桥，在江南多的是。在苏州和无锡，在上海郊区的一些古镇上，我见过不少类似的桥。上海青浦的练塘镇上，就有好几座这样的石拱桥，其中最古老的，据说建造于明代。几个世纪来，古镇变化极大，旧屋倒塌，新楼矗立，然而这些石桥却依然如故，它们横跨在流动的水面上，数百年巍然不动。岁月的风雨，一代又一代人的手和脚，磨平了石头上的斧凿之痕。走在这样的桥上，感到现实和历史之间遥远的距离一下子缩得非常短。站在石桥上，看一只载着鱼鹰的小舟从桥下悠然滑过，那感觉仿佛是又回到了唐诗宋词的意境中。

二十多年前，我曾在江苏宜兴的蜀山镇客居多时，镇上有一座很大的石拱桥。高高的桥面上行人熙熙攘攘、小贩在桥上摆摊卖水果蔬菜日用百货，桥下船只来来往往，桥上的行人和桥下的船工高声应和互相打着招呼……这景象，很像是《清明上河图》中的那座大桥。走在这样的桥上，挤在杂色的人群中，我会突然觉得自己成了《清明上河图》中的人物。

桥使古老的历史得以延续，使祖先们当年生活的景象不再遥远隔膜。

然而，现代人的生活毕竟和古人的生活大不相同了。宽阔的水泥道就像不断扩张的蛛网，在江南的乡村伸展蔓延，纵横交错。造路就要建桥，连接这些水泥大道的，再也不可能是当年那些木桥和石桥，而是水泥桥，大大小小的汽车可以像蜘蛛一样从桥上爬过去。这些水泥桥，长是长了，宽也宽了，但是它们不会使人产生什么奇妙的联想，它们再也没有古老的木桥和石桥的那种悠长的韵味。当我坐在疾驰的汽车里，从这些桥上呼啸而过时，一面享受着它们提供的便利，一面却在怀念古老的木桥和石桥。这是多么矛盾而又无奈的事情。

江南的花

说过江南的水，也想说说江南的花。

江南是一个大花园。从春天的桃李海棠，夏日的莲荷蕙兰，到秋天的桂花菊花，江南的花数落不尽，描绘不完，用多少文字也写不全它们的形态、色彩和芬芳。不过，在我的记忆中，江南最美妙的花并不是这些可以入画入诗的、带着不少文气和雅味的名花奇葩。很多年前，我客居在太湖畔的一个小村庄，春天降临大地时，我常常一个人踯躅在田野中，茫无目标地走向远方。我记得河岸和小路两边的那些野花，它们犹如散落在青草中的珍珠，闪烁着晶莹的亮光。这都是一些很小的花，大的不过指甲那么一点，小的就像绿豆米粒。它们的色彩也很普通，没有大红大紫的彩色，不是几点雪白，就是几簇淡黄，再不，就是几星细微的雪青。这些野花，我几乎都叫不出它们的名字，也记不清它们的形状，但它们一路清新着我的视线，愉悦着我的心情，使我被一阵又一阵莫名的清香包围着。这样的景象，使我想起古人的诗句："一路野花开似雪，但闻香气不知名。"写这两句诗的是清代诗人吴嵩梁，我想，当年，他一定也有过和我一样的经历，独自一人在江南的田野里踏青，流连忘返，惊异于路边无名野花的烂漫和清新。

在我的记忆中，给人美感最多的江南之花，是两种最普通最常见的花：油菜花和芦花。

油菜花在春天开花。那是一些骨朵极小的金黄色小花，花瓣犹如婴儿的指甲般大小，如果一朵两朵地看，它们是花世界中毫不起眼的小可怜。然而没有人会记得它们一朵两朵的形状，在世人的眼里，它们是一个气势浩然的盛大家族，这些小花，不开则已，若开，便是轰轰烈烈的一大片，就像从地下冒出的金色湖泊，波澜起伏，辉映天地。在我的印象里，在自然界中，没有哪一片色彩比盛开的油菜花更辉煌，更耀眼。如果是在阴郁的时刻，面对着一大片盛开的油菜花，就像面对着耀眼夺目的阳光，你的心情会豁然开朗。油菜花的香气也很特别，这是一种浓烈的清香，像是刚开坛的酒，说这香气醉人，一点也不夸张。油菜花，用它们旺盛的气势和明亮的色泽向人们展示着灿烂的生命之光。

芦花在很多人心目中不算什么花。当秋风呼啸，黄叶飘零，江南的大地开始弥漫萧瑟之气时，芦花悄悄地开了。它们曾经是河岸或者湖畔的野草，没有人播种栽培，它们却长得葳蕤旺盛，铺展成生机勃勃的青纱帐，没有人会把它们和娇嫩的花连在一起。然而就在花儿们无可奈何纷纷凋谢时，它们却迎着凛冽的风昂然怒放。那银色的花朵仿佛是一片飘动的积雪，纯洁，高雅，洋溢着朝气，没有一点媚骨和俗态。在我的故乡崇明岛，芦苇是最常见的植物。沿江的滩涂上，高大的江芦蓬蓬勃勃，一望无际。深秋时，芦花盛开，展现在人们眼前的是一片银色的海洋，它们和浩浩荡荡的长江波澜交相辉映，连成一个浩渺壮阔的整体。走在江边，听着深沉的江涛，被雪浪般的芦花簇拥着，神清气爽，心中的烦乱一扫而尽。前年秋天，我回故乡去。在江岸上散步时，我采了一大把芦花。听说我要把它们插在花瓶里，有人笑道：这样的东西，只配扎扫帚，怎么能插花瓶呢？我还是把家乡的芦花插到了花瓶里。我觉得它们胜过那些色彩艳丽却柔嫩短命的花，它们不会凋谢，也不会枯萎，用纯洁的银色，带给我清新的乡野之气，也向我描绘着生命的活力。凝视着它们，我的眼前会流过汹涌的江水，会涌起雪一般月光一般的遍地芦花，遥远的青春岁月，就悄悄地又回到了眼前……

好久不写诗了，却忍不住为这些芦花写出一首诗来：

凝视着永恒的流水
也曾有翠绿的春心荡漾
却总是匆匆又白了头
白了头，描绘一派秋光

银色的表情并不衰老
风中摇曳着深情的向往
所有的期冀都在天空飘扬
却不是无根的游荡

刀来吧，火来吧
哪怕一夜间消失了我的形象
却无法灭绝我地下的埋藏
只要水还在流风还在吹
地下的心就会发芽长叶
春雨里又会是一地葱茏的绿意
秋风里又会是漫天洁净的银霜

花的风骨

说起花的风骨，人们都要说梅花。在江南，也处处有梅花。梅花开在严寒之时，使无花的冬天提前有了春意。少年时代，在上海郊区的一所寄宿中学念书，学校附近有一个小花园，花园里有一片小小的梅林。冬春之交时，梅花盛开，我和几个同学经常相约去看梅花。这时，天气已经不怎么冷，看不到冰雪，风中已有几分湿润的春意。记忆中那一小片梅林是湖畔的一朵温柔的红云。它们并没有使我联想起什么傲雪斗霜的铮铮风骨，那一片红云，只是春天来临的象征。在我的心里，梅花不是一种能使人产生新鲜感的花。从古到今，不知有多少墨客骚人将梅花作为舞文弄墨抒发情怀的对象。读中学时，我也背诵过不少吟咏梅花的诗句。诗句很美，很有韵味，但是诗里的梅花和生活中的梅花并不是一回事。当年在崇明岛上“插队落户”时，我也在农民的灶墙上画过梅花，先画枯焦的枝干，再描粉红的花朵，然后在一边题“风雨送春归，飞雪迎春到”，这是当时人人都会背诵的诗句。有时，也忍不住题几句旧诗，譬如“梅破知春近”，或者“遥知不是雪，为有暗香来”……关于梅花的诗句是题写不尽的。我佩服古人，竟能在梅花身上发现那么多诗意和哲理。后人要想在梅花身上发现什么新的意韵，实在是难上加难了。

在江南，还有什么花像梅花那样，也能预报春天的来临呢？那大概总是有的。很多年前在崇明岛上，我曾在一片荒凉的海滩上认识一种奇妙的小花，至今无法忘怀。那时，我在崇明岛临海的东端上参加围垦。在海滩上用泥土垒起一条长堤，挡住海水，被长堤圈住的海滩便成了农田。人的奋斗，使大自然千万年才形成的沧海桑田变成了几个昼夜之间的事情。然而这些新围出来的农田却无法耕种，播下粮种，常常是颗粒无收。为什么？因为被围垦的海滩是盐碱地，不适宜种庄稼。连生命力极强的芦苇在那里也无法生存。于是人们便在这些盐碱地里放入淡水，水可以冲淡田里的盐分，又可以养鱼，一举两得。我被留在海边守鱼塘，度过了寂寞的一年。面对着荒芜的盐碱滩，难免联想起那些艰难孤独的人生，也难免顾影自怜。在大地的同一纬度上，只要春天一到，江南的大地上便花红柳绿，生命繁衍得轰轰烈烈，而这里，光秃秃的土地上只有白森森的盐花。寒冬尚未结束，但也已进入尾声。有一天，我发现盐碱滩上星星点点长出一些绿色的嫩芽。它们的叶瓣细小，却翠碧清秀，令人欣喜。海滩上寒风呼啸，这些翠绿的嫩芽似乎毫不在乎，迎着凛冽的风一点点伸展蔓延，没有什么力量能阻止它们的成长。有时候，从海上卷来的风猛烈得能把树连根拔起，能将屋顶整个掀掉，然而对这些贴地而生的绿草，它们显得无可奈何。这些扎根在盐碱地里，冒着严寒生长的植物，引起我极大的兴趣。我看着它们一天天大起来，高起来，长成了一蓬蓬小灌木似的绿球。它们为荒凉的盐碱滩铺上了一层斑驳的绿地毯。当地的农民告诉我，这是一种只在盐碱地上生长的野草，叫盐碱草。初春时，寒意未消，大概就是梅花开放的时节，盐碱草也开花了。这是一些淡紫色的小花，它们的蓓蕾小如米粒，乍开时并不显眼，要留心看才能发现。可是，等到所有的蓓蕾一起怒放时，盐碱滩上便出现了美妙的景象，只见一片片雪青的轻云，在风中飘摇。这时，风依然刺骨，盐碱滩上白花花的盐渍仍在，而笼罩大地的荒凉却已经不复存在，是这些活泼动人的小花驱逐了荒凉。这些小花，还引来了成群的蜜蜂。蜜蜂欢叫着在花丛中飞舞的情景，使我感动，我在当时的日记中这样感叹："世界上，有什么花比这些盐碱花更坚强更美丽呢？若论坚强，它们不会输给冰山上的雪莲，也不亚于在肥沃的土地上报春的梅花。它们是有着独特风骨的花。"我曾经采下一束盐碱花，养在一个杯子里。在一间简陋的茅屋中，那束盐碱花使我感受到了生命的无穷魅力，它们向我展现了江南万花争艳的春天。我想，只要春天如期降临人间，花是不会灭绝的，即便是在最贫瘠的土地上。

柔和刚

还是在很年轻的时候，有一年，和几位朋友在杭州春游。坐在西子湖边，面对着桃红柳绿，湖光山影，聆听着莺语燕歌，风吹浪吟，喝着清芬沁人的龙井茶，大家都有些醺醺然。江南的明丽和秀美，使人沉醉。这种沉醉，似乎能让人昏然欲睡，让人在温柔和妩媚的拥抱之中飘然成仙。这样的感觉，应了古人的诗：暖风熏得游人醉。朋友中有人下结论道：江南景色之妙，在于一个"柔"字。当时我并没有想到反驳这样的结论，很多年过去，回想起来，这样的结论大概站不住脚。

离杭州不远，还有一个很典型的江南古城绍兴。如果说江南的城市，都给人一种柔美的印象，那绍兴则完全不同。说起绍兴，我的心里很自然地会涌起一种刚劲豪迈的气概。那里，是我们的一位坚毅勇敢的先祖大禹的故乡，是卧薪尝胆的越王勾践的故乡，也是现代女杰秋瑾和文豪鲁迅的故乡，这些在中国历史上最有风骨的人物，都裹挟着勃勃英气，无法和一个“柔”字连在一起。然而绍兴的阳刚之气，并不是全由这些历史人物带来，走在这个新旧交织的城市里，我处处感到雄健的阳刚之气。

绍兴是一个由石头构筑的城市。古老的城墙是石砖砌成的，老城的路是石板铺成的，运河里的古纤道是石头架成的，而更多的是大大小小的石桥，千姿百态地架在密如蛛网的河道上。在这些铺路架桥造房子的石头上，用钢凿刻画出的无数粗犷有力的线条，岁月的流水和风沙无法磨平它们。这些石头，以及石头上的线条，使我感觉到一种厚重的力量，这种力量，和江南的柔风细雨完全是两回事。我曾经想，这么多石头，从什么地方来？后来游览了绍兴城外的东湖和柯岩，方才知道其中的秘密。东湖在峻岭绝壁之下，湖水波平如镜。坐船在湖中仰望，但见千仞危崖从天上压下来，那情景真是惊心动魄。这湖畔绝壁陡直险峻，犹如刀劈斧削，而临壁的东湖虽不宽阔，却深不可测。这山，这湖，似有威力巨大的鬼斧神工劈凿而成。后来我才知道，这里原来是古代的采石场，是石工的斧凿劈出了东湖畔的万丈绝壁，挖出了绝壁畔这一泓幽深的湖。人的劳动竟能造成如此壮观的景象，这是何等伟大的力量。柯岩也是绍兴的采石场，石工们削平了高山，又向地下挖掘。我见过石工们在深坑中采石，斧凿清脆的叮当之声和石工们高亢的吆喝之声交织在一起，从地底下盘旋而上，直冲云霄。这是我听见过的最激动人心的声音，这声音似乎是积蓄了千百年的痛苦和忧愤，埋藏了无数个春秋的憧憬和向往，猛然从人的内心深处迸发出来，挟带着金属和岩石的撞击，高飞远走，震撼天地。在柯岩听到这样的声音，印象中柔弱的江南就完全改变了形象。在柯岩，有一块名为“云骨”的巨大石柱，如同从平地上旋起的一缕云烟，被凝固成岩石，孤独地兀立在天地之间。这块奇石，并非天外来客，也不是自然造化，更不是神力所为，而是石工们的杰作。在劈山采石时，他们挖走了整座山峰，却留下了这一根使人遐想联翩的石柱。这像是一座纪念碑，像是一座雕塑，纪念并塑造着在江南创造了惊天动地业绩的采石工，他们是一个坚忍顽强的群体，是祖辈相传的无数代人。造就了绍兴城和其他江南城镇的石头，就是通过他们的手开采出来的。

江南的方言，被人称为吴侬软语，全无北方话的铿锵；江南的戏曲，也大多缠绵悱恻，唱的是软绵绵的腔调。唯独绍剧是例外。绍剧又叫“绍兴大板”，唱腔粗犷豪放，洋溢着阳刚之气。听绍剧时，我很自然地会联想起在柯岩听到石工们的采石号子，同样的激昂，同样的高亢。我曾想，绍剧的唱腔，会不会脱胎于石工的号子?

山湖琴韵

常熟有山，有湖。山是虞山，湖是尚湖。站在虞山上看尚湖，湖岸逶迤，湖波清亮，湖中倒映着蓝天白云。有飞禽从湖上飞过，如点点音符在湖天之间飘动。坐在湖畔看虞山，一脉青影，在云天间起伏，山虽不高，却使这江南水乡的地平线变得和湖岸一样柔曼曲折。虞山投影在湖波中，晃动着一片墨绿的光影，使原本清澈的湖水显得深不可测。

曾经有一位智者在这里垂钓，尚湖就因此得名。智者是四千年前传说中的人物姜尚，也就是《封神榜》中的姜子牙。远古时代的姜子牙是否在这里隐居钓鱼，现代人无法考证。对这样的传说，我是宁信其真。山不在高，有仙则名，能将姜子牙飘然不群的身影和这样秀美的湖山叠映，可以让现代人的想象之翼直飞九天云霄。脑海中出现姜子牙垂钓的形象时，耳畔有一缕清音飘过。那是古琴的韵律，是激越灵动的《流水》，是清静悠扬的《平沙落雁》，是深情缥缈的《忆故人》。姜子牙的时代，古琴大概已经有了雏形，他这样深谙文韬武略的智者，应该会弹琴。也许那时还没有这些曲子，但一定有其他更清幽淡远的韵律。古琴能使焦灼的心灵恢复平静，能抚平烦乱的思绪，忘却现实中的酷烈纷争。姜子牙垂钓时，耳畔应有琴声。在等候鱼儿上钩时，他或许一手抚琴，一手握竿，古琴优雅的韵律，穿透清澈的湖泊，吸引了水中的游鱼，鱼儿们循声而来，围绕在他的周围……

虞山和尚湖，山水相依，湖光山影中凝集着江南的灵秀和才情。这片水土，曾经哺养出很多杰出的人物。关于常熟的文化记忆，有动人心魄的背景音乐，那就是古琴。琴声悠然，一脉相传连接古今。如果说，四千年前姜太公的传说太古远，无法考证，那么，距姜子牙一千五百年之后，常熟的另一位先贤，在这里留下了清晰的脚印。他是孔子的弟子言偃。据说，在孔子的三千弟子中，言偃是唯一的一个江南人。言偃早年在鲁国做官，中年在中原弘儒传道，晚年回到故乡，在虞山脚下躬耕讲学，传播礼乐。听言偃讲学的人，来自四面八方，尚湖侧畔的言子讲堂，是当时人们心目中江南的最高学府，然而要听一次言子的讲学，并不容易。归隐故里的言偃，应是历尽了人世沧桑，他更喜欢一个人看山赏水，抚琴独吟，沉醉在虞山和尚湖之间。湖山如有记忆，应记得这位哲人飘然的身影，也应记得湖山间的古调琴韵。

在尚湖畔散步时，我还会想起唐代书法家张旭。张旭被人称为“草圣”，常熟是他长期生活的地方。这位“草圣”，常常醉酒而书，手中的毛笔如有神助，满纸草书龙飞凤舞，把汉字写成了前无古人的艺术品。张旭的草书，让盛唐的书坛震惊，直到今天仍被世人视为中国书法艺术的高峰。杜甫的《饮中八仙歌》中有张旭的身影：“张旭三杯草圣传，脱帽露顶王公前，挥毫落纸如云烟”；李颀在《赠张旭》中也有生动描绘：“露顶据胡床，长叫三五声。兴来洒素壁，挥笔如流星。”我年轻时代就曾迷恋过张旭书法，看他的《千字文》《古诗四帖》《心经碑》和《肚痛帖》，觉得这是神人之作，笔墨线条在变化无穷中挥洒出酣畅淋漓的气韵，那种天马行空般狂放不羁的风格，今人难以模仿。张旭的草书，像什么？像风中行云，像山间奔泉，像急风暴雨在天地间喧哗……我一直无法用恰当的文字形容张旭的书法，直到在常熟听古琴时，才恍然有所悟：他的草书中，有古琴的神韵。我想，只有用《广陵散》和《风雷引》这样激扬飞动的旋律，才能形容张旭狂放不羁的草书风格。我不知道张旭当年是否喜欢弹古琴，然而他的笔墨，和古琴的韵律，似有一种无法用言语道明的内在契合。张旭的草书，正如一曲神采飞扬的古琴曲，从虞山下飞出，一千多年来让人为之倾心沉醉。

说到张旭，当然还会想到元代大画家黄公望。黄公望也是常熟人，他的水墨山水画，是中国绘画史上的一个高峰。传说黄公望善弹古琴，作画前，常常先面对湖山抚琴歌吟，弹到动情处，弃琴执墨，挥毫成画，山水烟霞，满纸生辉。黄公望绘画所用颜料，多用虞山石研磨而成。黄公望的山水画中，不仅有虞山尚湖的绚烂灵秀，也有斑斓起伏的琴韵。

在虞山和尚湖之间处处联想到古琴，并不是牵强附会。在明代，这里出现一位古琴高手，名叫严天池，他创立了虞山琴派，将中国的古琴艺术提升到一个新的高度，虞山琴派的影响辐射全国，甚至波及海外。常熟，成为中国古琴艺术史上的一个制高点。严天池出身名门，父亲是当朝重臣，权倾一时。但这位“高干子弟”却不爱当官，他更喜欢弹琴读书。当时有人这样描述他的生活：“绝不闻户外嚣音，自翰墨外，辄取古琴，焚香一弄，悠然自得……间尝坐听，不觉竞心顿消，洋洋乎道澈之和平袭人。”他一生为古琴做了影响深远的几件大事：组织“琴川社”，创立了虞山琴派；编定《松弦馆琴谱》，其中有流传民间的古琴曲和他自己创作的琴曲，成为当时最权威的古琴曲谱。倡导“轻微淡远”“博大平和”的虞山琴派被誉为“古音正宗”。当时的各路琴派，“以虞山为归，是犹百川之趋赴不一，而朝宗于海也”。而严天池对古琴艺术的开拓和贡献，被人誉为“古文中之韩昌黎、岐黄中之张仲景”。“一时知音翕然宗之。”在严天池之后，虞山琴派一直在常熟绵延不断。明末清初这里又出现民间古琴大师徐青山，当时少有人可以与之比肩。而到现代，又诞生了学者型的古琴高手吴景略，使虞山琴派峰回路转，衍生出一派清新气象。

我在常熟两次参观“虞山派古琴艺术馆”，本以为能在这里看到严天池抚摸过的古琴，但是没有。馆中只有图片和文字，没有和严天池有关的实物。然而，这里处处回荡着清雅的琴声，如低吟，如倾诉，拨人心弦，把听者引入幽远的遐想。对现代人来说，古琴似乎有点高深莫测，有点神秘，这是古人的精神写照，是对天地自然的倾诉和思索。这样的琴声，驱散了人世的喧嚣和混浊，让心灵走向宁静。在琴声中，我想起了严天池的一些逸事。严天池不喜欢做官，但中年之后到福建邵武做过知府，上任前，他到当地的城隍庙里发誓："必不携邵武一钱归！"为官三年，洁身自好，绝不收受贿赂。三年后，严天池辞官回家，船出城门时，他拿出身边积攒的薪俸银子，悉数交给送行者，当地人不受，他说："我来的时候向城隍神发过誓，绝不带邵武一钱归，这些银子，留下来修治桥梁吧！"邵武人只得留下这些银子，用来修治城内受损倾塌的桥梁。严天池的清廉正直和散淡超然，多少和他对古琴的痴迷有关。他一生爱琴，他的归宿在虞山脚下，也在古琴绵绵不断的韵律之中。严天池曾在一首诗中描绘自己的生态和心境，读来令人神往："有客新年慰索具，半巢松影半巢书。卷帘风静莺啼后，倚槛云生花发初。自有药苗供旦暮，不劳生计问渔樵。瑶琴试作临流弄，一曲阳春出听鱼。"

走出古琴馆，耳畔琴音飘绕，回望天边青黛色的虞山，正如一把巨大的古琴，横卧在江南大地。

2010年4月23日

周庄水韵

一支弯曲的木橹，在水面上一来一回悠然搅动，倒映在水中的石桥、楼屋、树影，还有天上的云彩和飞鸟，都被这不慌不忙的木橹搅碎，碎成斑斓的光点，迷离闪烁，犹如在风中漾动的一匹长长的彩绸，没有人能描绘它朦胧眩目的花纹……

有什么事情比在周庄的小河里泛舟更富有诗意呢？小小的木船，在窄窄的河道中缓缓滑行，拱形的桥孔一个接一个从头顶掠过。贞丰桥、富安桥、双桥……古老的石桥，一座有一座的形状，一座有一座的风格，过一座桥，便换了一道风景。站在桥上的行人低头看河里的船，坐在船上的乘客抬头看桥上的人，相看两不厌，双方的眼帘中都是动人的景象。

周庄的河道呈“井”字形，街道和楼宅被河分隔，然而河上有桥，石桥巧妙地将古镇连缀为一体。据说，当年的大户人家，能将船划进家门，大宅后院，还有泊船的池塘。这样的景象，大概只有在威尼斯才能见到。一个外乡人，来到周庄，印象最深的莫过于这里的水，以及一切和水连在一起的景物。

我曾经三次到周庄，都是在春天，每一次都坐船游镇，然而每一次留下的印象都不一样。

第一次到周庄，正是仲春，天下着小雨，古镇被飘动的雨雾笼罩着，石桥和屋脊都隐约出没在飘忽的雨雾中，那天打着伞坐船游览，看到的是一幅画在宣纸上的水墨画。

第二次到周庄是初春，刚刚下过一夜小雪，积雪还没有来得及将古镇覆盖，阳光已经穿破云层抚摸大地。在耀眼的阳光下，古镇上到处可以看到斑斑积雪，在路边、在屋脊、在树梢、在河边的石阶上，一摊摊积雪反射着阳光，一片晶莹斑斓，令人目眩。古老的砖石和清新的白雪参差交织，黑白分明，像是一幅色彩对比强烈的版画。在阳光下，积雪正在融化，到处可以听见滴水和流水的声音，小街的屋檐下在滴水，石拱桥的栏杆和桥洞在淌水，小河的石沿上，往下流淌的雪水仿佛正从石缝中渗出来。细细谛听，水声重重叠叠，如诉如泣，仿佛神秘幽远的江南丝竹，裹着万般柔情，从地下袅袅回旋上升。

最近一次去周庄也是春天，然而是在晚上。那是一个温暖的春夜，周庄正举办旅游节，古镇把这天当成一个盛大节日。古老的楼房和曲折的小街缀满了闪烁的彩灯，灯光倒映在河中，使小河变成一条色彩斑斓的光带。坐船夜游，感觉是进入了梦境。船娘是一位三十岁的农妇，以娴熟的动作，轻松地摇着橹，小船在平静的河面慢慢滑行，我们的身后，船的轨迹和橹的划痕留在水面上，变成一片漾动的光斑，水中倒影变得模糊朦胧，难以捉摸。小船经过一座拱桥时，前方传来一阵音乐，水面也突然变得晶莹剔透，仿佛是有晃荡的荧光从水下射出。船摇过桥洞，才发现从旁边交叉的水道中划过来一条张灯结彩的船，船舱里，有几个当地农民在摆弄丝弦。

还没有等我来得及细看，那船已经转了个弯，消失在后面的桥洞里，只留下丝竹管弦声，在被木船搅得起伏不平的河面上飘绕不绝……我们的小船划到了古镇的尽头，灯光暗淡了，小河也恢复了它本来的面目，平静的水面上闪烁着点点星光。从河里抬头看，只见屋脊参差，深蓝色的天幕上勾勒出它们曲折多变的黑色剪影。突然，一串串晶莹的光点从黑黝黝的屋脊上飞起来，像一群冲天而起的萤火虫，在黑暗中划出一道道暗红的光线。随着一声声清脆的爆炸声，小小的光点变成满天盛开的缤纷礼花，天空和大地都被这满天焰火照得一片通明。已经隐匿在夜色中的古镇，在七彩的焰火照耀下面目一新，瞬息万变，原本墨一般漆黑的屋脊，此时如同被彩霞拂照的群山，凝重的墨线变成了活泼流动的彩光。最奇妙的，当然是我身畔的河水，天上的辉煌和璀璨，全都落到了水里，平静幽深的河水，顿时变成了一条摇曳生辉、七彩斑斓的光带，随焰火忽明忽暗的河畔楼屋倒映在水里，像从河底泛起的一张张仰望天空的脸，我来不及看清楚他们的表情，他们便在水中消失。当新的一轮焰火在空中盛开时，他们又从遥远的水下泛起，只是又换了另一种表情。这时，从古镇的四面八方传来惊喜的欢呼，天上的美景稍纵即逝，地上的惊喜却在蔓延……

我很难忘记这个奇妙的夜晚，这是一个梦幻一般的夜晚，周庄在宁静的夜色中变得像神奇的童话，古镇幽远的历史和缤纷的现实，都荡漾在被竹篙和木橹搅动的水波之中。

雁荡抒情

一

“瞧，他接我们来了！”

“谁？”

“那个山里的和尚。”

我顺着友人手指的方向望去，果然看见他了——他缓缓地从云烟迷蒙的群山里走出来，光光的头颅微微昂起，双手作揖，长袖仿佛正在随风飘动……

这就是“接客僧”，雁荡山大门口的一座奇异的小山。谁也无法知道，他已经在那里伫立了多少年。我想，当第一个人走进雁荡山的时候，他一定也是这样伫立着，默默无言地举手相迎……

假如他真是血肉之躯所化，为什么要化成这样的姿态呢？据说，僧人得道坐化，应当是盘腿而坐，举手合十，而他，竟化成了这样的接客状。不过他的神态还是虔诚的，他默默无声地迎接着每一个远方来客，不管你来自何方，不管你男女老幼，不管你达官贵人还是布衣百姓，他一视同仁，一律对待。只要你来雁荡山，就一定能看见他以同样的姿态走出来接你，决不会特别优待了谁或者怠慢了谁。

我想，如果能看清他的表情的话，我也许能看见一张微笑的脸，那是一种永恒的神秘的微笑，他似乎想告诉你一些什么，然而你却无法向他发问……

是的，他只是在群山里晃了几晃，就再也看不见了。我竭力在山峦中寻找他，想再看看他，却无能为力。一座又一座更加奇妙、更加灵秀的山峰迎面向我扑来，使我在惊叹和陶醉之中，不得不放弃了寻找他的愿望。和这些新出现的山峰相比，他太平淡了。

这是一个聪明而知趣的和尚。他把人们迎进了大山，他完成了自己的使命，便悄然退去，让你自己到山中去寻找，去发现。也许，在出山的时候，我会想起他，并且会领悟他那神秘的微笑的内涵……

二

据说，在那些有月亮的夜晚，这里会变成一个真正的神话世界。在皎洁柔和的月光静静抚弄下，所有的山峰都会活起来，都会变成一些人世间罕见的生灵……

然而没有月亮，只有细细密密的微雨，在夜风中无声无息地飘。看不见山的轮廓，看不见摇动的树影，看不见浮动着云彩的夜天，一切都变得模模糊糊，一切都显得若有若无……

哦，灵峰，难道你就这样让我带着一团模糊不清的印象回去么？你不怕破坏了你的美名？

在群峰环绕的山间小径上，我久久地伫立着，我不愿意空手而归。既然传说中的那些奇峰异石像往常一样也在我身畔伫立着，我为什么不能看见它们呢！

它们终于出现了，在墨一般的天幕上，纷纷显露出各自的形象，湿漉漉的，带着梦幻的色彩……

你是“犀牛望月”？今夜无月可望，你昂着头，在想一些什么呢？你倔强地昂起头，倔强地仰望着夜空，永远也不会改变这个姿式，也许你心里明白：不管雨雾阴晴，不管你头顶上的天空有多少变化，月亮，总有一天会升起来。你并不像嫦娥那样企望飞入月宫，也不像夸父那样立志追上太阳，你没有这种无法实现的奢望，你只是想站在这里，远远地仰望着月亮，让那清冷冷的银辉驱散你延续了千年万载的寂寞。好，你等着吧，你不会白等的，尽管此刻雨雾正笼罩着一切……

你们是“双笋峰”？你们应该愉快了——在绵绵细雨中你们将拔节、抽叶，你们将尽情地享受生命的欢迎，你们将长成两株参天巨竹。凉丝丝的雨浇灭了我的幻想，你们并没有发生任何变化，依然一动不动地兀立着，僵指着夜天。哦，你们不应该有笋的形状的，尤其是在这细雨霏霏的春夜……

你呢，你是谁？没有人告诉我你的名字，然而我辨认出来了，你是一个皱纹满面的老妇，你凄然低垂着头，默默地流着眼泪，泪水在你脸上的每一条皱纹里流淌。假如今夜月光如水，你也许不会如此悲伤吧。在这绵绵不绝的细雨中，你想起了什么伤心的事情呢……

你，你吓了我一跳！你在我的头顶上，伸展开一对巨大的翅膀，仿佛马上就要俯冲下来。用不着介绍，你是一只举世无双的大鹰……

终于看到了你们——“夫妻峰”！在这里，你们是最引人注目的，许多人老远地赶来，就是为了看一看你们。白天，我曾经远远地看过你们，有人把你们称为“合掌峰”，果然很像，两只巨掌，若即若离地合在一起，作合十之状。“到了夜里，它们会变成一对夫妻的。”有人笑着告诉我。我不敢相信，一对手掌会突然变成一对夫妻，这真是不可思议了。现在我真的看见了你们，在飘忽朦胧的雨雾中，在幽深黯淡的天幕上，起初只能看见两个紧贴在一起的巨大的黑影，然而我实在看不出你们像什么。“不要急，你再仔细看看。”有人依然微笑着，依然充满自信。看着，看着，我猛地惊呆了：你们真的变成了一对巨人，顶天立地站在雨夜之中，这是两个侧影，高一点的是男的，肩负行囊，低头看着那稍矮一些的女的，女的正仰起头，用手臂紧搂住男的颈脖，慢慢地把脸凑上去……由于变得突然，由于变得惟妙惟肖，我着实是惊呆了——你们实在太高太大，即便是童话中巨人国里的人，也不会比你们更高大的！然而很快，你们就变得亲热起来。在群山的众目睽睽之中，你们毫无顾忌地紧紧拥抱着，忘记了周围的一切。我知道，你们是久别重逢的一对，你们曾有过遥远而又渺茫的相思和期待，你们曾深深地体会过生离死别的滋味，此刻，在这个温暖湿润的春夜，你们意外地重逢了，蕴积在心中的感情，怎能不喷涌迸发呢！所有的痛苦和欢乐，所有的忧虑和烦恼，都化成了炽热的柔情。在飘飘悠悠的雨丝中，我仿佛听见了你们梦一般的絮语：

“再也不分开了？”

“再也不分开了。”

“永远？”

“永远。”

“……”

是的，你们将永远拥抱着伫立在这里，让人们去惊奇，去赞叹，去用想象为你们编织许多神奇而又美丽的故事……

雨，丝毫没有停的意思，灵峰是一个湿漉漉的世界，千奇百怪的山峰在漫天飘洒的微雨中融化成了一个整体，一个神秘而又魅力无穷的整体，不仅要你用眼睛去看，还要你用幻想、用情感、用心灵去感受。

月亮是不会出来了，然而我并不觉得遗憾。

三

一阵一阵幽幽的声响，从云雾迷蒙的山坳里飘出来，时断时续，时轻时重，像是有人在那里轻轻地叹息，在那里拨弄着一架音弦不全的古筝……

我在深山里寻找这声响，我迎着这声响向山坳里走去。一条清澈见底的溪涧在我脚边蜿蜒，它是从发出声响的山坳里流下来的。溪涧底下铺満着彩色的卵石，有几条形状奇特的小鱼，顶着湍急的溪水逆流而上，它们游得很吃力，却不肯调转头去。我和它们同路。路太远，我有些厌倦，谁知道前景如何呢。

声音逐渐响起来，仿佛有一场急雨，正从远处慢慢向我逼近——沙啦啦，沙啦啦……

登上山坳口，我的眼睛顿时一亮：迎面一堵又高又宽的峭壁，一条雪白的瀑布从峭壁顶上垂挂下来，在灰暗的峭壁前优美地扭动着……

“大龙湫！大龙湫！”人们在惊喜地呼叫。

这就是声名显赫的大龙湫了。然而我并没有感觉到它雄壮，也没有产生什么龙的联想。如果是龙，它应当腾空而起，自由自在地翱翔在云天，遨游在大海。即便算它是龙，它也只能是一条可怜的小龙，龙头被钉在了峭壁顶上，永远失去了自由，只能无力地扭动着，拍打着森然的峭壁。

水声却变得震耳欲聋，像一阵阵沉闷的雷霆，轰隆轰隆在山坳里回荡。我一步一步走向大龙湫，一步一步走向那个绿森森的水潭，瀑布倾泻在水潭中，溅起一片白色的烟雾。站在水潭边仰望大龙湫时，感觉顿时发生了剧变——可怜的小龙不见了，从高高的峭壁上飞下来的，是一条真正的巨龙！在它的不绝如缕的呼啸中，山在摇，地在颤，整个世界都变得飘忽不定……

当我贴着峭壁，艰难地爬到瀑布后的一个凹处时，巨龙消失了，只有无数晶莹的水珠在我的眼前飞舞，蹦跳，只有云一般雾一般的水烟，飘飘漾漾遮挡了周围的世界，一道又一道七彩虹桥，在水烟中时隐时现，而那哗哗的水声，淹没了世界上所有的声音。这是龙尾啊！它在那里轻轻地摆动，竟然形成了如此威壮的气势，我放开嗓门对着它大喊，却无法听见自己的声音。不多一会儿，我便浑身湿透了，我深深地感觉到自己的渺小……

突然在水潭边上发现了一条小鱼，就是来路上曾经见过的那种形状奇特的鱼，它们逆流而上，居然也找到了大龙湫！可是小鱼已经不像在溪涧中那样活泼了，呆呆地躺在潭边的卵石上。是巨龙的呼啸把它吓蒙了么？是长途跋涉使它精疲力竭了么？我用手去捉它，它也不逃，我把它放进随身带着的一个塑料袋里。

大龙湫的呼啸渐渐地在我身后幽下去，那雷鸣般的声响又变成了轻轻的叹息，变成了飘忽的古筝。我在山道上走着，那条奔腾的溪涧陪伴着我下山。手中的塑料袋微微晃动着，举起来一看，那条小鱼在水中拼命地挣扎着，也许这窄小的空间憋得它无法忍受了。我想，我应该把它放回溪涧中，应该恢复它的自由。小鱼随奔流的溪水向下漂着，似乎再也无力与湍急的水流抗争。漂了一程，它终于停住了，靠着一块凸起的卵石，突然转过头来，迎着急流，奋力向上游去……哦，它还是念念不忘大龙湫，这执着坚忍的小生命呵！

我久久凝视这条逆流而上的小鱼，大龙湫的形象又清晰地在眼前出现了：那雪白的巨龙，那声震山谷的呼啸，那晶莹的水珠，时隐时现的彩虹……为追求一个美好的目标，不惜以生命相搏，这小鱼了不起。此后，只要想起大龙湫，我就会想起这急流中顽强的小生命，我不会忘记的！

四

听说这里曾经是大雁的世界，南来北往的雁群，能够遮蔽天空，覆盖山野。然而看不到这些候鸟的影子，哪怕是一只失群的孤雁……

你们在哪里呢，大雁？你们在哪里？我多么想看见那排列成“一”字和“人”字的队形，从遥远的天外飞来，我多么想听见你们的声音突然在寂静的山林中响起……

山顶上有一个雁湖，这是你们歇脚的地方。也许，找到雁湖，便能找到你们的队伍。

我去找雁湖，不仅为了想看看那高山顶上的奇迹。更为了寻找你们的归宿，雁荡山，雁荡山，没有大雁，还算什么雁荡山呢！

山竟是那么高，路竟是那么远，草丛，树林，石滩，溪涧，在我的脚下往后退却。尽管在流汗，尽管在喘气，我还是没有忘记沿途寻觅，我寻觅你们的踪迹，哪怕是几根轻柔的羽毛，哪怕是一窝小小的蛋。可是没有，什么也没有发现。我纳闷：难道你们活动的天地竟是如此窄小，除了雁湖，哪里也不能去了吗？雁湖，总不会辽阔得像海！

终于登上了山顶，终于见到了雁湖。哦，哪里有什么湖呵！只有一片凹陷的龟裂的土地，只有萋萋荒草，在风中凄然地摇摆……

面对着这片干涸的雁湖，我明白你们失踪的原因了。你们失去了这个高山上的驿站，再没有青青的芦苇可以筑窝，再没有依依的湖波可以流连，你们不得不改变自己的旅程，飞向陌生的地方……

命运对于你们太残酷了。我的心中，仿佛响起了你们悲哀的呼唤，我仿佛看见最后一只大雁，流着泪在山头久久盘旋……你们走了，你们什么也没有留下，你们远走高飞，再也不回还。

雁湖会不会重新荡起清波，我不知道。反正，没有在雁荡山看到你们的身影，我深深地感到惆怅……

从雁湖下山时，四合的暮霭已经封锁了群山。七彩缤纷的天幕上，山峰的剪影又变得神奇莫测。我环顾四周山影，突然有一个新奇的发现：每一座山峰，竟都像一只展翅欲飞的大雁！风在山谷里迂回，像是你们在深沉地对我说话：我们，不会因失去一个雁湖就停止飞翔，停止那继续了千秋万代的追求！

我看见你们了，大雁。如果有一天，我发现我的征途上也突然失去了“雁湖”，我会想起你们的形象！

太湖夕照

太阳瘦瘦软软地枕在了山脊上，再射不出刺眼的光芒，只是无力地流出橘红的色彩，流在天上，流在湖里……

太湖凝固成静静的一幅水彩画了。湖面如一块巨大的镜子，平滑得不见一丝波纹，天光似乎全被深深地吸进湖底，没有亮色泛出来，这镜子是黯淡的。湖心几只舟子，是镜中的几点黑斑，水天交界处那些青紫色的山影，是一圈弯弯曲曲的镜框，这不规则的镜框艺术得天下无二，谁也无法复制它们。

天色却极斑斓极辉煌。那落日周围，眼花缭乱的一片，仿佛是泼翻了一大盘荧光颜料，五颜六色亮晶晶地掺和在一起。也许是在燃着许多人世间罕见的宝物，于是才吐出这许多人世间罕见的火焰。火光正逐渐幽下去。

一棵苍劲的老松，孤独地立在湖畔。已经分辨不清枝叶的色彩和层次，只有黝黑的一片剪影，一动不动贴在水天之间，上半截在天幕，下半截在湖面。那些伸向水天的枝干分明是一些手，激动地伸出来，要想挽留什么，却又无可奈何地僵持在那里了。

太阳被黑沉沉的山影吞噬了。天色随时暗下来，太阳消失的地方一片黛紫深红，再往上去，便是深深的蓝，星空下静海一般的蓝……

湖水失去了边界。湖山交接的地方，被一缕缕烟雾遮盖了。起伏的山峰于是都飘浮在紫红色的天幕上，像一群腾空而起的骆驼，在幽暗的空中逐渐隐去……终于什么也看不清楚了。湖、山、树影，全都融化在冥冥暮色里。风不知从什么地方溜出来，缓缓地在暗中踱着步，它的脚步化作了轻微的涛声和窸窸窣窣的树叶声……

星星悄悄地蹦了出来，一颗、两颗……像一些好奇的眼睛，俯视着被夜幕笼罩的茫茫太湖。有两颗星星落在了湖里，并且飘然浮移着，恍若梦游的荧火——那是小舟上的风灯。

黄河之水

黄河之水天上来。李白的诗句并不是凭空杜撰。在黄河的上游，我看到了从蓝天和白云中流下来的黄河。那是一条碧波荡漾的大河，能看到水底下的卵石，看到在清澈的流水中嬉戏的小鱼。世界上的江河，原本都这样清澈。

在西北的黄土高原，黄河变得浑浊，浑浊得像一条泥浆河，像一条桀骜不驯的黄龙。面对这浊浪滚滚的黄河，并没有觉得它受到了污染，我想，这是流水和高山大地亲热的结果，是天作之合，是自然。大自然在亿万年的运动过程中形成了自己的规律，我们没有理由责备自然。

在兰州，我站在那座有名的大铁桥上，俯瞰在桥下奔流的滔滔黄河，河水打着漩涡，像万马咆哮，奔向它们向往的既定目标。就在我默默凝视着黄河的时候，站在我身边的一个穿着时髦的女郎随手把一个可口可乐的罐头扔进了黄河。我吃了一惊，下意识地问："你怎么能这样乱扔？"女郎朝我一笑，答道："这么脏的河水，有什么关系。"那个红色的可乐罐头在黄色浊浪中冒了几下，就不见了踪影。

在黄河边，每天有多少人把手中的废物随手扔进黄河?

黄河流到甘肃临夏境内时，水势稍稍变得平缓。因为，再往下游，就是刘家峡水库，水库大坝把汹涌的河水拦住了。在这里，我坐游船去看黄河边的炳灵寺石窟。黄水在船舷边翻卷，涛声惊心动魄，两岸峰峦千奇百怪，像无数奇妙的雕塑排列在岸边。这些雕塑，是黄河的杰作，是流水冲击山峦的结果。热情的船主用黄河鲤鱼招待我，在甲板上，我们吃鲤鱼肉，喝鲤鱼汤，当然还有酒和饮料。几个年轻的船员很豪爽，几乎能一口气喝完一瓶啤酒。喝完酒之后的动作使我吃惊，他们一甩手，就把酒瓶扔进了黄河。当然，那些装饮料的瓶瓶罐罐，也无一例外，通通被扔进了黄河。他们的动作，自然得就像随便撸一下头发搓一下手掌，这样的动作，已经成了他们的生活习惯。如果我大惊小怪地对他们的这种习惯表示惊愕，大概会被他们嗤笑。不过，我还是表示了我的看法。我喝完了一罐饮料，船员们把他们的瓶子扔进黄河时，我一直把空罐头捏在手里。一个船员来收我的空罐时，我告诉他，我要把空罐带上岸去。船员惊奇地问我为什么，我说：“我不能污染黄河。”船员以为我说笑话，一边把手里的瓶子扔下船，一边哈哈大笑着走开了。

我看着手中的空铁罐，生不出一丝一毫幽默感。再看身边的黄河，只见黄浪滔滔，似乎所有一切都被它们席卷而去，留不下任何痕迹。

看完炳灵寺石窟，坐一艘快艇去刘家峡大坝。快艇驶近库区时，河面越来越宽阔，水势越来越平缓，河水也由黄转绿，越来越清。进入库区后，只见天蓝水绿，风平浪静，快艇滑行在碧波粼粼的水面上，那条浊浪汹涌的黄河彻底消失了，河水变得像它的上游一般清澈。当水平线上出现刘家峡水电站巍峨的大坝时，我突然发现，绿色的水面上有一线黑色迎面而来，就像是天上的一大片乌云，罩住了碧绿的水面。这是什么？等快艇驶近，真相便大白了：原来，这正是人们一路往黄河中抛撒的污物，它们汇聚在这里，浮在水面上，黏稠乌黑，壅集着人间的污秽，散发着臭气。在这片乌云中，有空铁罐，空酒瓶，还有那些永远也不会腐烂的塑料盒塑料袋……在它们的覆盖之下，任何流水都不再有清澈可言。我不知道，当这片乌云涌进水电站时，会出现怎样的景象。人类破坏自然，必定会遭到惩罚，此刻，这可怕的报应已经展现在我的眼前。

面对黄河中这片乌云，我心情沉重。黄河啊，你是中国人的母亲河，是中华民族的摇篮，是大自然恩赐予我们的伟大杰作，而你的子孙竟把你当成了垃圾箱！惭愧！

异乡的天籁

夜晚，在离开上海数万里外的南太平洋之岸。看半个残缺的月亮从海面上静静升起。天空是深蓝色的，而天空下面的海水，是墨一般的漆黑，星光和月色洒落在海面上，泛起星星点点的晶莹。远方有一条白色的细线，在黑黢黢的水天之间扭动，这是海上卷起的潮峰，它们集聚了大自然神秘的力量，正缓缓地向岸边涌来。风中，传来隐隐的涛声。一只白色的鸥鸟从我身边飞过，像一道闪电，倏忽消失在黑暗之中。

这是澳大利亚维多利亚州一个名叫凯尔斯的海边小镇。这个小镇，离繁华的墨尔本二百多公里，在地图上未必能找到，镇上只有几家小店和旅馆闪着灯火。离开小镇，穿越一片草坪就是海滩。我一个人站在海滩上，站在星空下，站在望不到边际的夜色里，沉浸于奇妙的遐想。和我一起伫立于海边的，是一棵古老的柏树。斑驳的树皮，曲折的枝干，树冠犹如怒发冲冠，月光把古柏巨大的阴影投在海滩上，如同印象派画家异想天开的巨幅作品。这样的古柏，在中国大多生长在深山古庙，想不到在异域海岸上也能遇到这样一棵古树，这是奇妙的遭遇。树荫中传出不知名的夜鸟的鸣啼，低回婉转，带着几分凄凉。

古树，残月，孤鸦，星光荡漾的海，这样的景象，神秘而陌生，却似曾相识。它们使我联想起唐诗宋词中的一些情境，但又不雷同。这是我以前从未看到过的风景。我就着月光看腕上的手表，是夜里九点，此时，中国是傍晚七点，在我的故乡上海，正是华灯初上的时刻，淮海路上涌动着彩色人流，南京路上回荡着喧闹人声，灯光勾勒出外滩和浦东高楼起伏的轮廓……而这里，完全是另外一种景象。久居都市，被人间的繁华和热闹包围着，很多人已经失去了抬头看看星空的欲望，也忘记了天籁究竟是怎么一回事。此刻，大自然正沉着地向我展示着她本来的面目。

能够沉醉在大自然幽邃阔大的怀抱中，是一种幸运。在天地之间，在浩瀚的海边，我只是一粒微尘，只是这个小镇、这片海滩上的匆匆过客。然而这样的夜晚，这样的情境，却会烙进我的记忆。

在澳洲，很多天然的景象使我陶醉，也使我心灵受到震撼。旅行途中一些不经意间看到的景色，让人难以忘怀。一位澳洲作家曾经这样提醒我："在澳洲，请你多留意这里的海洋。"在飞机上，我曾经观察过澳洲的海岸线，这里有世界上最曲折逶迤的海岸，海岸边有平缓的沙滩，也有峻峭的岩壁。

在阳光下，金黄的沙滩映衬着蓝得发黑的海水，海滩的金黄是天底下最辉煌的颜色，而海水的蓝色则是世界上最深沉的颜色，这样鲜明强烈的对比，在任何一个画家的笔下都没有出现过。我也一次又一次走到海边，看海浪在礁石上飞溅起漫天雪浪，听涛声在天地间轰鸣，面对着激情四溢的海洋，我却感受到一种无法言传的宁静。也有平静的海湾，海水平静得像一块蓝色水晶，白色的游艇在海面滑动，悠然如天上的白云。凝望着平静的海洋，我却想起了风暴中的海，想起了我曾经在文学作品中读到过的最汹涌激荡的海。海的运动，遵循的是自然永恒的法则，没有人能改变它。这是地球上最神秘的力量。在悉尼的邦迪海滩，我看到了海洋永无休止的运动。不管气候晴朗还是阴晦，不管是有风还是无风，在这片海滩上永远能看到滔天巨浪，潮头如崩溃的雪山，成群结队呼啸而来，前面的刚刚在海滩上溃散，后面的又轰然而起。冲浪者在潮峰上滑翔，展现着人的勇敢和灵巧。如果把大海的运动比作一部壮阔的交响曲，人在其中的活动则只是几个轻巧的音符。

在澳洲的海边旅行时，我也常常被突然出现在眼帘中的大树吸引。很多树我都无法叫出它们的名字，它们千姿百态地站在海边，眺望着波涛起伏的海洋，也向过路人展示着生命的魅力。这些大树的形状没有一棵是雷同的，也没有一棵是丑陋的，无论怎样生长，无论是粗壮的还是清瘦的，高大的还是低矮的，所有的树都显得生机勃勃，树上的每一根树枝都像自由的手臂在空中挥舞，在拥抱清新的阳光和海风。即便是那些枯死的老树，我依然能在虬结的树干和峥嵘的枝杈上感受到生命的力量，能从中想象它们当年的茂盛风华。澳洲的树木中，最常见的是桉树，它们有的独立在草原中，有的成片成林，白色的树干在绿叶中闪烁着光芒。在国内，我也看到过不少桉树，印象中它们都清清瘦瘦，像苗条的少女。而澳洲的桉树却完全不一样。在离菲利浦湾不远的公路边，我见过一棵巨大的桉树，树干直径将近两米，四五个人无法将它合抱，树冠覆盖的土地超过一亩。几十个人站在这棵巨大的桉树下，只占据了树荫的一小部分。我曾经走进一片幽深的桉树林，因为树和树挨得太近，白色的树干互相缠绕着，密集的树叶遮住了天光，空气中弥漫着桉树叶的清香。在树上，能看到考拉，也就是树袋熊，这是澳洲人最喜欢的动物。它们悠闲地坐在树杈上，不慌不忙地嚼着桉树叶，并不理会生人的来访。

海边的牧场也是悦目的景观，草原的起伏形成了大地上最柔和的线条，而在草地上吃草的羊群和牛群，仿佛是静止不动地被贴在绿色屏幕上。如果海上有风吹过来，吃草的牛羊应该能听到浪涛拍击海岸的声音，应该能听到树林在风中的低语。但这些草原上的生灵，大概早已习惯了身边的那种安宁，它们已经没有了奔跑的念头。只有野生的袋鼠，箭一般出没在灌木丛中。

一天黄昏，我离开海边一个著名的景点，在暮色中坐车回墨尔本。公路穿越一片丘陵时，车窗外出现了我从未见过的奇妙景象：西方的地平线上，残阳颤动，晚霞如血，东方的天边，金黄的月亮正在上升。道路两边，是广袤无边的草原，羊群、牛群和马群仍站在那里吃草，它们沉静地伫立在自己的位置上，在夕阳和月光的照耀下，入定一般贴在墨绿色的草地上，天色的昏暗丝毫没有引起它们的不安。这是一幅色彩深沉、意境优美的画，一幅世界上最平和幽静的油画。

2001年6月

天籁和回声

为编散文选集，从箱底翻出年轻时代的旧笔记。纸张早已发脆泛黄，字迹也开始模糊，然而当年在孤独中面对自然产生的种种疑惑和遐想，今天读来依然心有共鸣。如果再年轻一次，再回到我的岛上，再住进那间临河的茅屋，我能不能重温这些奇妙的天籁，能不能在大自然中排遣我的孤独和惆怅？

然而当年听到看到想到的一切，却飘出这些旧笔记，亲切地把我笼罩，使我依稀又回到了遥远的从前……

——题记

桃花

早晨，有人轻敲我的窗户。那扇小小的窗户，面对着小河，河边没有路，是谁在敲窗？抬头一看，是一枝桃花，风吹桃树，树枝晃动，碰到了我的窗户。枝头的桃花含苞待放，露水在花蕾上闪动，早霞照在花枝上，一片玫瑰色的殷红……

花枝敲窗，是什么美妙的预兆？

“人面桃花相映红”，我的苍白的脸，能被这不期而遇的桃花映红？

我起床，开窗，让结满蓓蕾的树枝进入我的小草屋。你好，春天，谢谢你用这样的方式来到我的身边。

风中树

大风摇动了田边那棵大杨树，绿色的树冠倒向一边，像一个怒发冲冠的古人伫立在风中，狂风撩起他一头乱发。

被风打乱的树叶在疯狂舞蹈，它们拼命地顺着风去的方向逃窜，仿佛是想造反，是想脱离树干。然而一次又一次，树干又把它们拽回来……

平时那么安静的绿树，此刻成了一个狂躁的疯子。满树的枝叶都在风中呼啸作声，宣泄着他内心的不安。

风和的日子多么好，在田边，他静静地站着，像一个心地平和善良的绿衣人，含笑注视着过往的农人。风改变了他。风撩动了他心里所有的辛酸和悲哀，使他忍不住一吐为快。

树欲静，而风不止……

夜 色

在城市里永远也看不到这么美妙的夜色。城里的夜空被楼房割裂成一条条一块块，它们残缺不全，使人产生一种压抑的感觉。

这里的夜空是那么辽阔，浩浩瀚瀚，无边无际，遥远的地平线才是它的边缘。星星自由地散落在四面八方，像无数闪烁的眼睛，凝视着大地。深邃的夜空像清澈见底的海洋，星星们是晶莹闪亮的珍宝，在海底发出幽暗的光芒。飘动的薄云犹如荡漾的水波，使水底的珍宝显得无比神秘。谁也说不清楚它们已经闪烁了多少年，人类无法打捞这些珍宝，只能在梦中想象它们的美妙。可望而不可即的海底珍宝啊……

月亮是夜空里的魔术师，它天天都有变化。新月和残月像被农民磨得锋利雪亮的镰刀，也像《天方夜谭》里阿拉伯强盗的弧形腰刀。更奇妙的是满月，它刚刚出现在地平线上的时候，显得那么大，像是开在天上的一扇巨大的圆窗，天上的秘密都可以在这扇圆窗里看到。凝视那一轮清辉流洒的满月，我觉得它和我之间的距离很近，仿佛睁大眼睛就能看清楚月亮上的河流和高山，能看见传说中的树林、宫殿、仙女……然而每当我想看清楚它们时，它们就变得朦胧，变得遥不可及。

被月光照耀的大地，也出现了白天所没有的奇妙景象。田野、树木、竹林、河流，此刻都成了银色的雕像，它们失去了原来的色彩，全都变得晶莹透明。人间的幸福和欢乐、烦恼和苦难，都凝结在这清冷而纯净的月色里。

也有阴云密布的夜晚，夜空中一切都消失了，只剩下一片漆黑。这时，想象的翅膀也被黑暗折断。

芦　花

刚到乡下的时候是深秋，正值芦花开放。在河边沟沿，到处是它们银色的身影。秋风萧瑟时，它们集体晃动的姿态，是世上少有的奇妙形象。那起伏的银波，轰轰烈烈，浩浩荡荡，没有一点媚态，也没有一点矫揉造作，看到它们，我的视野里一片清朗。最壮观的是在日出或者日落时，它们随太阳和彩霞的色彩变幻，时而变成一片绚烂的绸缎，时而变成一片燃烧的火焰。有时候，突然从芦苇丛中飞起几只野禽，它们欢叫着，翅膀扇动着掠过芦花。这情景，色彩虽不算丰富，却使我想起了古人的那些凄清苍凉的诗，想起那些格调幽远的中国画。

它们很难被风雨摧毁。秋风秋雨的时节，它们使我感受到生命的蓬勃和昂扬。入冬后，如果芦苇仍未被收割，河边沟沿的景象便逐渐显得凄凉。经过几番秋雨的摧残，它们稀疏了，有些枝干已被折断，寒风吹来，再形不成轰轰烈烈的气势。然而，辉煌的银色依旧，那一股清气依旧。在冬日的残阳里，它们依然会成为殷红的火苗，燃起我心中的遐想……

世界上，还有比它们更长久的花朵吗？

喜鹊和乌鸦

喜鹊和乌鸦，是体形类似的两种大鸟。

喜鹊常在屋顶上鸣叫，乌鸦却躲在树林里聒噪。

喜鹊的歌声带给人们的是喜悦，是美丽的期望。乌鸦的叫声却是不祥之兆，谁也不喜欢听。

我喜欢喜鹊，并不是因为它们是吉祥的象征，也不是因为它们的歌唱。它们的歌喉实在很平常，还不如天真的小麻雀，无法打动我。我喜欢的是它们飞翔时的姿态，张开的翅膀又宽又长，黑色的羽毛中夹杂着几点雪白，长长的尾翎优美地拖在身后，从空中掠过时，使我想起矫健的鹰。它们是一种美丽的大鸟，即便没有那些传说和象征，它们也值得人们喜欢。

我也不讨厌乌鸦，它们的鸣叫固然不动听，那单调沙哑的“哇哇”之声，听了让人心烦。不过，它们乌黑的形象却并不丑陋。只要沉默地停栖在树枝上，它们的黑色形象便威严而端庄。小时候读过《狐狸和乌鸦》的寓言，在寓言中，愚蠢的乌鸦没有自知之明，狐狸的花言巧语使它忘乎所以，当它想炫耀自己的歌喉时，随着“哇”的一声，那块肉骨头就到了狐狸的嘴里。小时候还读过一个故事：一只渴极了的乌鸦，找到一只水瓶，里面有半瓶水，水瓶的瓶颈很小，乌鸦的嘴只能伸进一半，喝不到瓶里的水。这只乌鸦很聪明，它把地上的石子一颗一颗地衔到瓶子里，瓶里的水溢了出来，乌鸦如愿以偿，喝到了瓶里的水。还听说过乌鸦反哺的故事：老乌鸦垂危时，小乌鸦们把找来的食物喂到它们嘴里。这样孝敬父母、回报长辈的行为，在人类社会也是美德，在动物中，更是极其罕见。也是在小时候，有一次，看到一个船夫的老婆，抓到一只飞到河岸上的乌鸦，那女人只用了不到一分钟，就拔光了乌鸦的一身黑毛，使它成为一个光秃秃的小肉团，在女人手中绝望地挣扎。这只乌鸦成为她的午餐。那女人饥饿的目光、麻利的动作和乌鸦在被拔毛过程中发出的惨叫，留给我极深刻的印象。乌鸦在我心里的形象是复杂的，愚蠢、聪明、孝顺，而且可怜。到乡下后，小时候的所有印象就渐渐淡漠，在我的视野中，它们和喜鹊并没有太大的差别，它们一样地自由，一样地保持着独立。它们张开翅膀飞翔时，同样使我联想到鹰。现在，对乌鸦的叫声，我也已经习惯。“哇”，像一声惊叹，突然响在寂静中，使我忍不住走出我的小茅屋，欣赏门外的天空和树林，欣赏掠过河面的飞鸟和游动在清波中的鱼……

云中的鸟鸣

从遥远的天空传来一阵鸟鸣。

我抬头寻找，却什么也看不见，只有压得低低的乌云，在天空缓缓滚动。这鸣叫的鸟，难道是在云中飞翔?

鸟鸣忽隐忽现，终于渐渐远去，消失在天的尽头。

只听见它的声音，看不见它的身影，就像我心里的希望……

露珠

荷叶上的露珠在这里看不到，因为这里不种荷花。

芋叶上的露珠也许更奇妙。早晨，露珠在芋叶上颤动，几颗小的，合并成一颗大的，像稀世的大珍珠，晶莹夺目，雍容华贵，似乎把满天的霞光都凝聚在自己的身上。

早晨干活时，凝视脚下的泥土，我发现，只要是从泥土里长出来的植物，只要这植物有叶瓣，不管这叶瓣多么窄小，上面总有一颗或者几颗露珠。

稻茬

收割过的稻田，失去了波浪起伏的金色，失去了丰收的辉煌，失去了随风飘荡的清香。

农民用镰刀为稻田剃了光头。稻穗，连同稻草，已经被运走，只留下可怜的稻根，在寒风中瑟瑟发抖。稻子的欢乐和情感，都是由这些稻根孕育的，稻子对于人类的价值，也是由这些稻根培养的。现在，它们的功绩和成就统统都被收获，人们再也不注意它们的存在。

拖拉机开进来了，雪亮的犁刀划破了稻田。稻根随着浪花般翻卷的泥土被翻出地面，又被埋入地下。它们将变成泥土，成为下一代稻谷们的养料。

世上没有人会为这些稻根唱赞歌的。稻根们若有知，也许会生出一些悲哀。

悲哀吧，这悲哀，会酝酿成明年的欢悦。

抚　琴

昏昏沉沉，从幽暗中睁开眼睛，面前亮着一盏青灯。冷色的灯光里，坐着一个着古装的女子，手上抱一把黑色的古琴。她抬起头来，冲我嫣然一笑，然后低下头来，纤细白皙的手在琴弦上轻轻一拨，琴声凌空而起，嘁嘁喳喳，在灯光里回旋。这女子不是绝色美人，她的琴声也并非荡气回肠，只是嘁嘁喳喳地重复着相同的旋律。不过，她的微笑，她的琴声，我都不觉得陌生。她是谁？可是白居易《琵琶行》里那个在船上弹琵琶的女子？

琴声急促起来，那女子两只手忙不迭地在琴弦上翻飞滚动，嘁嘁喳喳的琴声也一阵急似一阵……突然，一片青白色的光芒闪了一下，亮得扎眼，光芒照亮了女子的脸，那张苍白的脸顿时大惊失色。只见她的手颤抖了一下，哗啦一声，琴弦绷断，琴身开裂，发出惊天动地的巨响……

我从床上跳起。是在我的茅屋里，周围一片漆黑，没有暖色的灯光，没有弹琴的女子，什么都没有。是我的一场梦。只有那嘁嘁喳喳的声音仍在继续。外面，正在下雨。

这雨不知是什么时候开始下的，是那个女子低头抚琴时吧。

青　虫

一条透明的青虫，沿着湿漉漉的树枝向上爬动。它爬动的姿态多么稀奇，身体的蠕动犹如优美的舞蹈，尖而小的脑袋一起一伏，好像在和天上的什么人打招呼。

树枝不长，青虫很快就爬到了顶端。它用尾部缠住细细的树枝，奋力抬起身子，仰望着天空上下扭动，仿佛在对天朝拜。树枝随青虫的扭动摇摆着，终于，它被摇摆幅度越来越大的树枝弹落在地。

青虫在地上待了片刻，又开始用它那稀奇的动作爬动。

它的目标仍然是树，找到树干，毫不犹豫地往上爬，最后，竟然在丛生的树杈中又寻觅到刚才的那根树枝，然后重新开始它的登攀……

这小青虫，它要寻找什么？

日　出

一个老农用奇怪的眼光看着我，问："你为什么盯着太阳看？有什么好看的？"

是的，我正忘情地盯着那轮初升的太阳看得出神，看得忘记了我身边的世界。初升的太阳是那么大，那么红，那么新鲜，那么新奇，那么活泼，那么变化无穷……早晨，看她在我面前升起来，我觉得她总是显露出不同的面孔。每天，她都换上不同的彩色衣裳，那些瞬息万变的云霞，像是她围在身上的纱巾，在风中优美地飘动……她在向世界卖弄她的无与伦比的青春姿色。这青春姿色是多么迷人！如果早上没有这样的太阳，这世界将会是何等的惨淡！

老农用困惑的眼光看我，我微笑着看着他，用我的沉默作回答。我看到，在太阳的辉煌中，老农的眼睛里也映射出灿烂的光线，他脸上那蛛丝般密布的皱纹，像一道一道辐射开来的光芒……

不管夜晚多么黑，想到每天早上太阳都会以不同的面貌美丽地升起，这是多么令人安慰。

问 鸟

一只不知名的鸟，停在枝头上默默地看着我。

红色的胸脯，蓝色的颈项，灰褐的翅膀，金黄的尾羽。一对眼睛是乌黑的，一动不动地凝视着我，好像有很多思想，有很多奇妙的念头……

造物主啊，你是多么神奇，竟能创造出如此精致美丽的小生命。面对这鸟，我觉得自惭形秽。树下有清水，我能照见自己：灰头土脸，打过补丁、沾着泥巴的破衣服下面，露出粗糙的身体……

枝头上的鸟似乎窥探出了我的心思，在树上移动了两步，突然张开翅膀飞到空中。天上传来了它的鸣叫。那是对我的嘲笑吗？

我感到脸颊上一凉，好像有雨点落到了脸上，用手一抹，原来是一滴鸟屎！

我扑哧一声笑了。美丽的生灵也要拉屎，我有什么可以自贱的呢？

对着传来鸣叫的天空，我大喊：喂，会飞的朋友，你知道我心里想些什么吗？我的念头也会飞起来的！

雨　声

雨声，彻夜在我的耳边响着……

它们是从天上伸下来的无数手指，抚弄着黑暗的大地。在淅淅沥沥、嘁嘁喳喳的声响中，我默默地倾听它们和大地的接触。

它们轻轻拍打着我的茅屋的屋顶，茅草在夜色中留下细微的嗞嗞声，这声音是轻柔的，犹如低声的叹息……

它们落在我窗外的树叶上，发出噼噼啪啪的声响，像是很多人在远处鼓掌。掌声一阵接一阵，这不是热情的掌声，而是温和的、有节制的，似乎是被一种无形的力量驱使，不停地继续着。在这寂寞的寒夜，有什么值得如此鼓掌呢？

它们落在河里，发出清脆的沙沙声。这是水和水的接吻，晶莹而清澈，天和地的激情在这千丝万缕的交接中蔓延扩展……

它们也敲打着我的门窗，这没有规律的声音仿佛是在不停地对我絮语：哎，你龟缩在屋顶下干什么？到雨里来吧，我们会洗净你身心的疲惫。你出来吧！

突然，它们走进了我的屋子。起先是在地上，“滴答”一声，又“滴答”一声，清晰嘹亮，像交响乐中的小号。是我的屋顶漏雨了，雨水浸湿了屋顶上的茅草，渗进了屋子。很快，这清脆的“滴答”声扩展到我床边的桌子上，变成浊重的“笃笃”声，又扩展到我的蚊帐顶上，变成沉闷的“噗噗”声……接下来，就该扩展到我的被褥和身体脸面了。

我不想阻止它们的造访，也无法阻止它们的进入，由它们去吧，让这屋子里的声音，和屋外天地间的千万种声音融为一体，让我也变成雨的一部分，湿润自己的同时，也湿润了世界……

大　雁

一群大雁从我的头顶飞过。

在蓝色的晴空中，它们排列成整齐的队伍，一会儿是一个“一”字，一会儿是一个“人”字。在小学的语文课本里，曾经读到过这样的情景，此刻，在天地之间，我亲眼看见了。

这些不知疲倦的候鸟，不可思议地把“一”和“人”写在天空，是要向人类昭示一些什么呢？很遗憾，我无法和它们对话。

一次，在一片芦苇丛中，见到一只大雁，它受了伤，折断了翅膀，无法再飞上天空。它在芦苇丛中扑打着，哀叫着，那叫声使人听了心里难过。更惊心动魄的，是它的伙伴们的表现：它们成群结队地在天空中盘旋哀号，久久不忍离去，好像是在呼唤它回到空中，回到它们的阵营里……这景象，使我联想到人间的很多悲剧。

雁群最后还是飞走了，它们没有因为一个同伴的掉队而放弃它们的远征。然而它们在天空中盘旋时留下的哀号，却无法从我的记忆里消失。

那只受伤的大雁怎么样？不用说的，它成了农民锅里的食物。为了生存，人类可以把一切憧憬和哲理都咽下肚皮……

乌　云

我凝视着头顶上的那一团乌云。

它沉重地浮动在空中，离开地面那么近，好像已经压在我的头顶上，只要伸出手，就能摸到它、抓到它。它像一头奇形怪状的巨兽，穿一件深灰色的袍子，大腹便便，睡眼惺忪，正用奇怪的表情俯视着大地。因为它的窥视，大地显得异常紧张，竹林、树、田野里高低起伏的植物，停止了所有的动作，变得极其安静。

它和被它俯视着的大地就这样在静谧中默默地对峙着，无法预料在这两个阵营之间会发生什么。

一阵微风拂过，大地颤抖了一下，大地的羽毛——那些绿色的树木花草，纷纷摇动着它们的枝叶，发出一声声长吁短叹。它们在风中解除了因紧张引起的沉默。而天上的乌云，也开始匆匆忙忙运动起来，它以极快的速度变化着，那件灰色的袍子，魔术师般地在它身上飘舞，使得它瞬息万变。只要动用想象力，它几乎扮演了世界上所有的动物：象、骆驼、马、狮子、鹰、孔雀、熊、狐狸……更有许多无名的怪兽附在它身上，使人看得目瞪口呆。它身上的灰袍渐渐泛出了白色，仿佛有很多沸腾的溶液在它的肚子里翻滚，它们不时突破那件灰袍的束缚，在它的身体的某个部位一亮，又一亮。终于，那件臃肿的灰袍再也无法包裹那些闪亮的溶液，它们沸腾着，膨胀着，在灰袍上撕开一个大口子，白光四射的溶液从那口子里汹涌而出，那口子迅速扩大，很快就将灰袍吞噬殆尽。从白光中，露出了蓝色的天，阳光耀眼地一闪，向四面八方辐射开来……

乌云就这样地消散了。乌云背后，是一个阳光朗照的晴天。

风敲打着门窗

连续几夜风雨不断。

风敲打着我的门窗，一阵紧急，一阵缓慢……

大风呼啸时，茅屋简陋的门窗被敲得砰砰作响，像有一群强盗在门外急着闯入，漏风的木窗和门板随时都会被撞裂。我也把他们想象成游荡的冤魂，正在寒夜中追索着他们的仇人；或者是被追逐的流浪汉，在荒野里惊慌失措地寻找庇护之地；

也像是杀气腾腾的“造反队”，冲到了我的门前……冤魂和流浪汉都不可怕，我可以打开门窗放他们进来；可怕的是强盗和“造反队”，我无法和他们讲理。

微风吹拂时，好像是一个彬彬有礼的绅士在外面叩门。他极有耐心地一下又一下轻叩着我的门。我不开门，他就会轻轻地叩上一夜。睡意蒙眬中，我幻想是我的意中人随风飘到了门外，她调皮地拍着门、敲着窗，在黑夜中窥视我赤裸的睡态……我很想打开门，如果门外站着文雅的智者，我要请他进来，我们不妨彻夜长谈；如果门外是我的恋人，我当然要将她拥入怀中，所有的凄苦和寂寞都会烟消云散……

风敲打着我的门窗，也撩拨着我的想象。我知道，我不是躲避尘嚣的隐士，我的关于风的想象中，有着那么多人物。我希望这世界上我不是孤独的一个人。

无风的夜晚，万籁俱寂，我却依然听得见风，它在远方游荡，也在我心里徘徊……

鹭　鸶

鹭鸶，一个多么美妙的名字。

它们的形象和它们的名字一样动人。

早晨，太阳还没有升起，薄雾像若有若无的轻纱在湖面上飘来飘去。湖心那片稀稀朗朗的芦苇丛里有雪花似的小白点一闪一闪，那就是它们了。这时候它们是朦胧的，只是一点点白色的小精灵，是昨夜梦境的残片，飘荡在宁静的空气中。

薄雾散去，玫瑰色的朝霞热热闹闹地落了一湖，鹭鸶的叫声从芦苇丛里传出来。看见它们在水面上扑腾的翅膀了，白色的翅膀悠然舞动，像从红色的霞光里浮出的一片片白云。它们不时飞离水面，在苇丛上空飞翔一圈，然后落下来，又细又长的脚轻轻地点着荡漾的水波，又不慌不忙地站定了引颈长唳，好像是在欢呼黎明的到来……

这些无拘无束的水鸟，这些自由自在的生命，我羡慕它们！

两只罱泥的小船出现在湖面上，划船人挥动长长的竹篙，小船犹如两只不怀好意的大甲虫，晃动着触须向湖心爬去……

鹭鸶们似乎是受了惊吓，纷纷展翅飞离苇丛，飞离得那么仓促，转眼间便消失得无影无踪……

你们到哪里去了呢，鹭鸶？明天早晨，你们还会不会回来？

芦 芽

芦芽使我惊讶了很久。

芦芽是淡红色的，很嫩。我用手掰过，没花什么力气，那细而尖的嫩芽就折断了，有乳白色的汁液从断面渗出来。

使我惊讶的是，它们怎么能从那些还没有化开的冻土中钻出来？河沿上那些冻土，简直就像石头，可以使锋利的铁锹卷刃。每天早晨，白森森的寒霜覆盖着冻土，看不见生命的色彩从中显露。只有去年秋天枯萎了的芦苇和败草，在冷风中瑟瑟发抖，宣告着一个个弱小生命的衰败和死亡。这死亡是寒冬带给它们的。整个冬天，冻土都以威严强悍的面貌傲视着世界。阳光的照射可以使它们融化于一时，但只要夜幕降临，只要寒风一起，它们便悄然封冻，成为铁板一块，连顽强的蚯蚓也无法突破它们对大地的封锁。

而又嫩又小的芦芽却倔头倔脑地从冻土下钻出来了。这是生命创造的奇迹。它们没有屈服。我无法想象芦芽钻出冻土的过程，这过程一定是痛苦而又漫长的，需要韧性，需要恒心，需要忍，需要日复一日的等待……

寒风依然刺骨，太阳还躲在灰色的浓云背后。我感到冷，我甚至能听见从口中呵出的热气在空中凝结成霜的声音。这是冬天的声音。芦芽，以你们嫩弱的身躯，能在这样冷酷的环境中继续生存吗？

芦芽不会回答我。它们的沉默是一种自信而又宁静的微笑，它们的微笑将在大地上蔓延。不会很久了，它们的微笑会蔓延成一片青翠，一片在春天的暖风中洋溢着生机的绿色海洋……

鬼　火

晚上一个人走夜路，没有月亮，黑暗中几乎看不到脚下的小路。经过一片坟地，坟堆在黑暗中起伏闪动，使人情不自禁想起农民中流传的很多鬼的故事。可是我却一点也不害怕。

看见了三两点绿色的磷火，忽明忽灭，忽隐忽现，忽高忽低，忽近忽远……

这就是鬼火？有人说它们是在野地里游荡的幽灵，是幽灵们蒙眬的眼睛。农民们提到它们时脸都会变色。可是，为什么我没有恐惧的感觉产生？

这些绿色的光点，这些流浪的星星，这些快乐的精灵，你们，在夜色里自由自在地飞舞，你们一定唱着动人的歌，可惜我听不见。

我想，你们从前一定是一些失去了自由的生灵，你们被凌辱过，被压抑过，被黑暗的牢笼囚禁过，是不是？要不，你们为什么这样彻夜不停地飘游飞舞？

很好，你们这些死而复生的生命形态。如果消逝的生命都能变成这样的发光体，我们这个黑暗的世界将会变得怎样的明亮！

初　吻

雨天时在泥路上留下的脚印，到了晴天，便凝固了。我一个人走着，看着路上的脚印，想象人们在雨天时步履维艰的样子。

路蜿蜒在一大片玉米地里，绿色的枝叶为曲折的小路搭起清凉的屏障。路的尽头是海堤。总是这样，每次在登堤看海之前，先沐浴浓郁的生命之绿。这些玉米，我看着它们发芽，看着它们从幼苗一天一天长高长大，长成这样一片生机盎然的绿色海洋。生命是多么奇妙！

从玉米地里传来一片窸窸窣窣的声音，循声望去，是一男一女两个年轻人，躲在那里接吻。他们都有些害羞，你看着我，我看着你。我看到他们时，两个人的嘴唇正好凑在一起。我的突然出现使他们大吃一惊，他们像触了电似的，猛地跳起来，两个人之间仿佛有一个弹簧，一下子把两个人弹出好大的距离。两个人紧张地看着我，姑娘满面通红，小伙子脸色苍白，好像是行窃的小偷突然被人发现。

“你、你看到了？”小伙子结结巴巴地说，他无法掩饰他的惊慌和急切。“我……我们是头一次，我们什么也没有做，什么也没有！”

姑娘则用绝望的眼神看着我，仿佛我一开口，便能判他们死刑。

我想笑，面对着如此紧张的一对恋人，却尴尬地笑不出来。我一边慢慢地走开，一边讷讷地说："我什么也没看见，什么也没看见。你们……随便吧。"说着，加快脚步离开了他们。

我的身后，那片玉米地里再也没有发出任何声响。我知道，那一对恋人，依然紧张地站在老地方，保持着距离，你看着我，我看着你……

唉，该死，我破坏了他们美丽的情绪，使他们羞涩的初吻被恐惧和惶惑笼罩，我真不该！小伙子和姑娘我都认识，他们在谈恋爱人们也都隐约知道，没什么见不得人的。可他们为什么害怕，为什么紧张，为什么像做了贼一样？

我急匆匆地走着，宽大的玉米叶擦拂着我的身体和脸，可我已经没有什么感觉。走到尽头，是一堵高墙，不，是堤岸。辽阔的涛声，正越过堤岸，冲击着我的麻木的感官……

沉船威尼斯

从空中看威尼斯，她是蓝色大海中一条彩色的大鱼。威尼斯的形状确实像一条鱼，本岛是她的身体，环列四周的小岛组成了她的鳍和尾。这条鱼，在亚得里亚海中游了亿万年，繁华了千百年，成为人类文明史上的一颗明珠。

在海上看威尼斯，她是从海面上升起的一片童话般的土地。那些精美的楼房、城堡、教堂、桥，以及那些在城边浮动的船，如同海市蜃楼，在海天间飘忽摇曳。人类的创造，还有什么能比这样的景象更让人产生奇思妙想呢？

踏上威尼斯的土地，我才真正了解这座海上之城的美妙。

沿着海边的大道走向圣马可广场，沿途风景目不暇接。沿海的是各式各样的码头，两头高翘的“贡多拉”停泊在码头上，如一群古代黑衣舞者，在海边随阵阵波浪舞动，正以沉静优雅的姿态招徕游人。面海的石头房子，每一幢都有传奇故事。经过一家古老的旅馆，我看到门口墙上有铭刻文字的铜牌，仔细一读，原来莎士比亚曾在这里住过。也许，莎翁《威尼斯商人》创作的灵感和素材，就是成形于此。再走不远，经过一座石桥，桥头两侧都是出售当地纪念品的小摊，彩色的威尼斯面具，布娃娃，皮包，皮带，游客在小摊前和商贩们讨价还价，这分明就是《威尼斯商人》中的场景。如果离开海滨选一条小巷进城，你会进入一个曲折的迷宫，街道两边那些彩色的店铺，让人眼花缭乱。

临海的圣马可广场，是威尼斯最有气派的地方。

很多年前，在圣彼得堡的冬宫博物馆，我看到过意大利画家卡纳尔的油画《威尼斯招待法国公使》。画面描绘的是18世纪威尼斯的一次外交盛事。法国公使乘船来到威尼斯，当地的主教、王公贵族、有名的绅士淑女，在港口的广场上列队欢迎，虽然只能远远地看到一大片人头涌动，但可以想见，那些达官贵人是怎样应酬着寒暄着，讲着不着边际的客套话，那些华丽的袍服和长裙是怎样互相摩擦着发出窸窣之声。在面向海湾的那幢大楼里，也聚集着无数宾客，他们站在二楼的阳台上，兴致勃勃观望着广场上的人群。在盛装的人群中无法找到那位法国公使，但可以看到法国公使停泊在港湾里的巨大的船队。而站在路边桥头上看热闹的，是当地的平头百姓，那些灰暗驳杂的服饰，和广场中央那一大片鲜艳华贵的颜色形成鲜明的对照。

二百多年过去了，当年油画中的圣马可广场，和今天的广场没有大的区别，大教堂还在，钟楼还在，海边的立柱还在，那些精致繁复的回廊还在，教堂墙上金碧辉煌的马赛克壁画，簇新如昔。只是物是人非，广场上走动的是现代的人群。广场的石头地面上，密密麻麻停满了鸽子，它们悠闲地在那里散步。以我所见，这里的鸽群，也许是这个星球上鸽子数量最多的鸽群。地上的鸽子们偶尔展翅飞起，空中便响彻一片噗噗噗的翅膀拍击声，周围的空气也随之振动。这里的鸽子不怕人，你走过去，它们也不逃，还会飞落在你的肩头甚至头顶。在鸽子们的记忆中，从世界各地来圣马可广场的人们，为的就是给它们喂食，和它们拍照。当年法国公使来访时，大概没有这么多鸽子相迎吧。

在威尼斯，最有情趣的事情，是坐“贡多拉”在水巷中穿行。一个长相英俊的威尼斯小伙子手持长篙站在船尾，长篙轻轻点动，“贡多拉”便在漾动的水面上开始滑行。狭窄的河道曲曲折折，随时都会通向神秘的所在，两岸的石头房子迎面压过来，岸畔人家的台阶浸在水中，阳台和窗台触手可碰。低头看水中，两岸楼房倒映在晃动的水面上，迷离一片，如印象派音乐的韵律。前面不时有小桥当头压过来，船上人啊呀一声惊叫，回头看时，那桥，那桥上的行人，桥畔的楼廊和街灯，都自然奇妙如画中美景。从水巷出来，穿过石桥，进入海域，天地豁然开朗，周围的岛屿上耸立着形态各异的教堂和楼房，像是一群沉默的卫士，在四面八方守卫着威尼斯。

威尼斯是欧洲人创造的奇迹。千百年的经营，把这个海岛建成一个绚烂多姿的海上世界。大海造就了威尼斯，很显然，大海最终也会终结威尼斯，我看到的威尼斯，是一个被海水浸泡的城市，是一个逐渐被淹没的城市。我永远无法忘记一年前重访威尼斯时见到的景象，那天，海水漫过城市的地基，圣马可广场成了一片汪洋。广场四周的商铺浸没在水中，人们只能在临时搭起的栈桥上行走。鸽子们失去了栖息之地，在空中惶惶不安地盘旋……

告别威尼斯时，在船上回望那逐渐隐没在水天波光中的古城，突然生出一个念头：威尼斯，像一艘正在沉没的奢华古船……

2007年2月

晨昏诺日朗

落日的余晖淡淡地从薄云中流出来，洒在起伏的山脊上。在金红色的光芒中，山脊上那些松树的轮廓晶莹剔透，仿佛是宝石和珊瑚的雕塑。眼帘中的这种画面，幽远宁静，像一幅辉煌静止的油画。

汽车在无人的公路上疾驶，我的目标是诺日朗瀑布。路旁的树林里突然飘出流水的声音。开始声音不大，如同一种气韵悠长的叹息，从极遥远的地方飘过来。声音渐渐响起来，先是如急雨打在树叶上，嘈杂而清脆，继而如狂风卷过树林时发出的呼啸。很快，这响声便发展成震天撼地的轰鸣，给人的感觉是路边的丛林中正奔跑着千军万马，人马的呐喊和嘶鸣从林谷中冲天而起，在空气中扩散、弥漫，笼罩了暮色中的天空和山林……绿荫中白光一闪，又一闪。看见了大瀑布！从车上下来，站在路边，远处的诺日朗瀑布浩浩荡荡地袒露在我的眼底。大瀑布离公路不到一百米，瀑布从一片绿色的灌木丛中流出来，突然跌入深谷，形成一缕缕雪白的水帘，千姿百态地垂挂在宽阔的绝壁前，深谷中则飞扬起一片飘忽的水雾。也许是想象中的诺日朗太雄伟，眼前这瀑布，宽则宽矣，然而那些飘然而下的水帘显得有些单薄，有些柔美，似乎缺乏了一些壮阔的气势。只有那水的轰鸣，和我的想象吻合。那震撼天地的声响，是水流在峭壁和岩石上撞击出的音乐。这音乐雄浑、粗犷，带着奔放不羁的野性，无拘无束地在山林里荡漾回旋。

诺日朗，在藏语中是雄性的意思。当地藏民把这瀑布称之为诺日朗，大概是以此来象征男子汉的雄健和激情。人世间有这样永远倾泻不尽的激情吗？很想沿着林中的小路走近诺日朗，然而暮色已重，四周的一切都昏暗起来。远处的瀑布有些模糊了，在轰鸣不绝的水声中，在水雾弥漫的幽暗中，那一缕缕白森森飘动的水帘显得朦胧而神秘，使人感到不可亲近……晚上，住在诺日朗宾馆。躺在床上无法入睡，窗外飘来各种各样的声音，有风吹树叶的沙沙声，有山涧流水的哗哗声，有秋虫优美的鸣唱……我想在这一片天籁中分辨出诺日朗瀑布的咆哮，却难以如愿。大瀑布那震天撼地的声音为什么传不过来？也许是风向不对吧。

第二天清早，天刚微亮，群山和林海还在晨雾的笼罩之中，我便匆匆起床，一个人徒步去诺日朗。路上出奇的静，只有轻纱似的雾气，若有若无地在飘。忽听背后嘚嘚有声，回头一看，是两匹马，一匹雪白，一匹乌黑，正悠然自得地向我走过来。这大概是当地藏民养的马，但却不见牧马人。两匹马行走的方向也是往诺日朗。我和它们并肩而行时，相距不过一米。两匹马并没有因为遇见生人而慌乱，目不斜视，依然沉静而平稳地踱步，姿态是那么优雅，仿佛是飘游在晨雾中的一片白云和一片黑云。到诺日朗瀑布时，两匹马没有停步，也没有侧目，仍旧走它们的路。我在轰鸣的水声中目送两匹马飘然远去，视野中的感觉奇妙如梦幻。

诺日朗又一次袒露在我的眼前。和夕照中的瀑布相比，晨雾中的诺日朗显得更加阔大，更加雄浑神奇。瀑布后面的群山此刻还隐隐约约藏在飘忽的云雾之中，千丝万缕的水帘仿佛是从云雾中喷涌倾泻出来，又像是从地底下腾空而起的无数条白龙，龙头已经钻进云雾，龙身和龙尾却留在空中，一刻不停拍打着悬崖峭壁……

沿着湿漉漉的林间小道，我一步一步走近诺日朗。随着和大瀑布之间的距离不断缩短，那轰鸣的水声也越来越大，迎面飘来的水雾也越来越浓。等走到瀑布跟前时，头发、脸和衣服都湿了。这时抬头仰观大瀑布，才真正领略到了那惊天动地的气势。云雾迷蒙的天上，仿佛是裂开了一道巨大的豁口，天水从豁口中汹涌而下，浩浩荡荡，洋洋洒洒，一落千丈，在山谷中激起飞扬的水花和震耳欲聋的回声。此时诺日朗的形象和声音，融合成一个气势磅礴的整体。站在这样的大瀑布面前，感觉自己只是漫天飘漾的水雾中的一颗微粒。我想起许多年前在雁荡山看瀑布时的情景，站在著名的大龙湫瀑布跟前，产生的联想是在看一条巨龙被钉在崖壁上挣扎。此刻，却是群龙飞舞，自由的水之精灵在宁静的山谷中合唱出一曲震撼天地的壮歌，使人的灵魂为之颤栗。面对这雄浑博大、激情横溢的自然奇景，人是多么渺小、多么驯顺！

然而大瀑布跟前实在不是久留之地，因为空气中充满浓密的水雾，使人难以呼吸。赶紧往后退，退入林间小道。走出一段路再往后看，诺日朗竟然面目一新：奔泻的瀑布中，闪射出千万道金红色的光芒，这是从对面山上射过来的早霞。飘忽的水雾又把这些光芒糅合在一起，缤纷迷眩地飞扬、升腾，形成一种神话般的气氛……这时，远处的山路上传来欢跃的人声。是早起的游人赶来看瀑布了。

上午坐车上山时，绕过诺日朗背后的山坡，只见三面青山环抱着一大片碧绿的湖水，平静的湖水如同一块硕大无朋的翡翠，绿得透明而深邃，使人怀疑这究竟是不是水。当地的藏民把这样的高山湖泊称为“海子”。陪我来的朋友指着一湖碧水，不动声色地告诉我：“这就是诺日朗。”

这就是诺日朗？实在难以把这一片止水和奔腾咆哮的大瀑布联系在一起。朋友说的却是事实。三面环山的海子有一面是长长的缺口，这正是大瀑布跌落深谷的跳台，也就是我在谷底仰望诺日朗时看到的那道云雾天外的豁口。走近海子，我发现清澈见底的湖水正在缓缓流动，方向当然是那一道巨大的豁口。这汇集自千峰万壑的高山流水，虽然沉静一时，却终究难改奔腾活泼的性格。诺日朗瀑布，正是压抑后的一次爆发和喷泻。只要这看似沉静的压抑还在，诺日朗的激情便永远不会消退。

丝绸之路上的奇遇

黄河入城

黄河从兰州城里流过。河畔有柳树，有鲜花，树荫花丛中有鸟雀的鸣唱和恋人的絮语。黄河的雄浑和奔放不羁，在河边的林荫道上丝毫也感觉不到。莫非，流过这样的繁华之地，连黄河也失去了激情?

但是只要走到河边，凭栏观察那奔流的河水，感受就完全不一样。如果走到那座古老的大铁桥上，俯瞰从桥下汹涌而过的急流，眼帘中的景象就更加惊心动魄。混浊的流水，如同黄色泥浆，在河床里挤撞，搅动，翻腾，凶险的漩涡环环相套。在迎面而来的风中，可以听见一阵阵急促不安的涛声。此情此景，仍使我想起古人的诗句，“黄河万里触山动，盘涡毂转秦地雷”“九曲黄河万里沙，浪淘风簸自天涯”……

从天上流下来的黄河，从野山大谷中奔出来的黄河，尽管它从城市里流过，从热闹的人烟中流过，但没有任何力量能磨灭它的野性。它没有因为城市的繁华而滞留不前，依然呼啸远去，将雄浑的激情在天地间一路挥洒。

这才是黄河！

马踏飞燕

马踏飞燕是一座青铜雕塑，它已经成为中国古代艺术和文明的一种象征。一匹飞奔的骏马四蹄腾空，一只脚踏在一只展翅飞翔的燕子背上。马虽无翅，却奋然作飞翔状，蹄下那只飞燕，正回首观望，似乎惊异于奔马的神速和矫健。古人的想象力和创造力，凝集在这匹小小的青铜马中。它的出现，曾经使整个世界都为之惊叹。

马踏飞燕的发现地点，是甘肃张掖的雷台汉墓。这座汉墓中曾出土一大批青铜马，在幽暗的墓室中，它们组合成一个颇具规模的车马队，将墓主生前的威严和气派定格在暗无天日的地下。历经了两千多年，这些青铜马方才大白于天下。然而这一群马匹中，为什么只有这匹脚踏飞燕的奔马名扬天下？因为它特别，因为它与众不同，因为它将马奔驰的动态塑造得无与伦比。其实，从这座古墓中出土的铜马造型都非常生动，尤其是马的头部，表情都不是呆滞单调的，所有的马，都张开嘴作仰天嘶鸣状。然而它们却曾在暗无天日的墓穴中沉默了两千多年。

走进雷台古墓时，无法将那条狭长幽暗的拱形墓道和飞扬的青铜奔马联系在一起。墓道是砖砌的，走过狭长的墓道，进入空空荡荡的墓穴，这里已经空无一物，但可以从墓穴的结构窥见古人的智慧和灵巧。高敞的圆形墓穴，没有一根梁柱，只是用不大的方砖砌成，头上的穹顶也是一块一块不大的方砖，它们竟能顶起成千上万吨黄土的重压而两千年不坍，这也近乎奇迹。

灯光在墓穴里闪动。讲解员离开后，我一个人站在空空荡荡的墓穴中央，在寂静中，仿佛突然听见马的嘶鸣在幽暗的空中回荡，一声声，追溯出远古的回响……

明人绘画

李显声这个名字，我是参观了武威的文庙后才知道的。他是明代的民间画家，在美术史中没有见过这个名字。武威文庙的博物馆里，陈列着他的很多作品。这位画家画的是他生活时代的各种人物，生活中的农夫、樵夫和村姑，官吏僧侣，传说中的神怪游仙，三教九流，都走进他的画中。人物的表情，无不栩栩如生。这是明代的风俗画，画面中的人物，是真正的明代中国人。

使我惊奇的是他的人物画得如此细致逼真，一丝不苟的彩色笔墨，不仅画出了人物眉眼间微妙的表情，还将他们的发髻冠带、衣衫屐帽，还有服装上的图案和皱褶，都刻画得纤毫毕现，栩栩如生。曾经有人说中国古代的绘画中的人物，都画得不合比例，看看李显声的画，便会觉得这样的结论有点可笑。

李显声的画，把明代的服装描绘得如此具体细致，看他的画，如同参观明代的服饰展览。喜欢写意风格的画家，也许会小看这样的画，但我却觉得它们了不起。看着李显声的画，再对照着读明人的小说，小说中的人物大概都会活起来。对明代世俗风情的记录，任何文字描写都无法超过这样的画。

看过李显声的这些画，我觉得我们的美术史也许是残缺的。

西夏遗碑

对于西夏的历史，我实在不熟悉。很多年前在俄罗斯圣彼得堡的东方研究所里，曾经见到无数关于西夏的古文献，当年的传教士从敦煌把这些文献搬到俄罗斯，堆满了昔日的皇宫，但没有几个人能读懂它们。我曾经看过其中的部分尺牍，也是方块字，但没有一个认识，读它们如读天书。

西夏文字，也是中华文化的一部分。创造西夏文字的党项族人，确实也是聪明绝顶。这些文字形体脱胎于汉字，结构也相仿，但和汉字完全不同，笔画也比汉字更繁复。当年，这样的复杂难学的文字也只是西夏的少数知识分子在用，老百姓恐怕依然在读写汉字。创造西夏文字的据说是西夏的一位精通汉字的帝王，他弃汉字造新字，大概也是不甘心被汉文化笼罩，想以有别于汉字的独特文字向世人证明自己也有独立的文化。然而，这样的方块象形字，还是无法摆脱汉字的影响。汉字的形成和完善经历了几千年，而西夏的文字在短时间内仓促问世，充其量也不过是对汉字的一种改革。随着西夏王朝的覆灭，西夏的文字也随之失去了生命力，而且不久便失传，成为历史的谜语。在凉州，看到一块西夏遗碑，碑文刻得密密麻麻，但没有人能读懂。所幸背面有内容相同的汉字。这块西夏遗碑，成为现代人解读西夏文字的钥匙。

站在那块西夏古碑前，看着碑上那些奇怪的文字，粗看似乎眼熟，和汉字没有什么大不同，细看却无一认识。对于现在的大多数中国人来说，西夏是一个陌生的名词，在中华民族漫长的历史中，这段历史的分岔已被忽略。看到这些似曾相识的西夏文字，能提醒现代人，对于历史，对于前人创造的文化，我们到底还忽略了多少，遗漏了多少。

汉时长城

苍茫原野，荒芜连天。烈日烤晒着无边的大地。在远处的荒漠中，有一道和公路平行的土墙，断断续续，却是大地上一条绵延不绝的长线。这是建于汉代的长城，是万里长城的一部分。

在大漠中，这一道土城墙并不巍峨，也不壮观，但它是古人的血汗和智慧的结晶。以现代人的眼光，这样一道土墙在战争中能有什么作用，一发炮弹便能将它拦腰炸断。而在两千年前，这却是一道伟大的屏障，铁骑箭矛，在它面前只能却步。

站到汉长城的脚下时，我也没有觉得它有多少高大。和现代的建筑相比，这简直就是孩童的沙雕。然而想一想，岁月的风沙已经将它风化剥蚀了两千年，而它依然屹立在荒野中，向来往的跋涉者叙述历史，于是便肃然起敬。

抚摸着粗糙的城墙，那上面有两千年前工匠和兵士的血汗，有两千个春夏秋冬轮回的痕迹。岑参当年悲叹，“穷荒绝漠鸟不飞，万碛千山梦犹懒”，两千年过去，它周围的荒凉依旧，多少有点让人心颤。

离它不远处，高速公路像一道白色闪电，切开了板结的荒原。现代人，需要的不再是墙，而是更快更多的沟通渠道。古老而残缺的长城与新建的高速公路在荒凉的大漠上对视着，沉默中有多少内涵丰富的交流？

“活鱼饭店”

汽车在戈壁滩疾驰，满目荒凉，看不见一丝生命的绿色。

在烈日下，青灰色的戈壁滩上升起一缕缕无形的热浪，天边的山影在热浪中晃动。这时，常常能看到美妙却虚幻的海市蜃楼。

远远的，在路边出现一排简陋的房子，土色的墙上赫然写着四个红色大字“活鱼饭店”。这样的景象，使人哑然失笑。在这片寸草不生的戈壁滩上，找一滴水比找一颗钻石还要难，哪里来的“活鱼”？

“活鱼饭店”在路边一晃而过。车窗外依然是一望无际的荒凉大漠。然而那几个红色的字，却在我的眼前挥之不去，而且在动，在荡漾开来，荡漾成一片清澈的水波。水波里，大大小小的鱼儿在遨游，鱼鳍优美地飘曳，五彩斑斓，荧光闪烁……

我永远也无法知道那家“活鱼饭店”里的景象。不过，如果我走了进去，看到了里面的“活鱼”，那么，所有的想象大概都会烟消云散。

2002年10月

小品

散文精读·赵丽宏 >>

光　阴

谁也无法描绘出他的面目。但世界上到处能听到他的脚步声。

当枯黄的树叶在寒风中飘飘坠落时，当垂危的老人以留恋的目光扫视周围的天地时，他还是沉着而又默然地走，叹息也不能使他停步。

他从你的手指缝里流过去。

从你的脚底下滑过去。

从你的视野你的思想里飞过去……

他是一把神奇而又无情的雕刻刀，在天地之间创造着种种奇迹。他能把巨石分裂成尘土，把幼苗变成大树，把荒漠变成城市和园林。他也能使繁华之都衰败成荒凉的废墟，使闪亮的金属爬满绿锈，失去光泽。老人额头的皱纹是他镌刻出来的，少女脸上的红晕也是他描画出来的。生命的繁衍和世界的运动全都由他精心指挥着。

他按时撕下一张又一张日历，把将来变成现在，把现在变成过去，把过去变成越来越远的历史。

他慷慨。你不必乞求，属于你的，他总是如数奉献。

他公正。不管你权重如山，腰缠万贯，还是一介布衣，两袖清风，他都一视同仁。没有人能将他占为己有，哪怕你一掷千金，他也决不会因此而施舍一分一秒。

你珍重他，他便在你的身后长出绿荫，结出沉甸甸的果实。你漠视他，他就化成轻烟，消散得无影无踪。

有时，短暂的一瞬会成为永恒，这是因为他把脚印深深地留在了人们的心里。

有时，漫长的岁月会成为一瞬，这是因为风沙淹没了他的脚印。

1988 年 1 月 14 日

蝈 蝈

窗台上挂起一只拳头大小的竹笼子。一只翠绿色的蝈蝈在笼子里不安地爬动着，两根又细又长的触须不时从竹笼的小圆孔里伸出来，可怜巴巴地摇晃几下，仿佛在呼唤、祈求着什么。

“怪了，它怎么不肯叫呢？买的时候还叫得起劲。真怪了……”一位白发老人凑近蝈蝈笼子看了半天，嘴里在自言自语。

老人的孙子和孙女，两个不满八岁的孩子，也趴在窗台上看新鲜。

“它不肯叫，准是怕生。”小女孩说。

“把它关在笼子里，它生气呢！”小男孩说着，伸出小手去摘蝈蝈笼子。

“小囡家，别瞎说！”老人把笼子挂到小孙子摘不到的地方，然后又说：“别着急，它一定会叫的！”

整整一天，蝈蝈无声无息。两个孩子也差点把它忘了。

第二天，老人从菜篮里拿出一只鲜红的尖头红辣椒，撕成细丝塞进小竹笼里说："吃了辣椒，它就会叫的。"他很自信。两个孩子又来了兴趣，趴在窗台上看蝈蝈怎样慢慢把一丝丝红辣椒吃进肚子里去。

整个白天，蝈蝈还是没有吱声，只是不再在小笼子里爬上爬下。夜深人静的时候，蝈蝈突然叫起来，那叫声又清脆又响亮，把屋里所有的人都叫醒了。

"听见么，它叫了，多好听！"老人很有点得意。

两个孩子睡眼蒙眬，可还是高兴得手舞足蹈，把床板蹬得咚咚直响。

蝈蝈一叫就再也没有停下来，从早到晚，不知疲倦地叫，叫……它不停地用那清脆洪亮的声音向这一家人宣告它的存在。很快，他们就习以为常了。蝈蝈的叫声仿佛成了这个家庭的一部分。

蝈蝈的叫声毕竟太响了一点。在一个闷热得难以入睡的夜里，屋子里终于发出了怨言："烦死了，真拿它没办法。"说话的是孩子的父亲。

"爸爸，蝈蝈为什么不停地叫呢？"男孩问了一句，可大人们谁也不回答。于是两个孩子自问自答了。

"它大概也热得睡不着，所以叫。"

"不！它是在哭呢！关在笼子里多难受，它在哭呢！"

大人们只是静静地听着两个孩子的议论。只有白发老人，用只有自己能听见的声音叹息了一声……

早晨醒来时，听不见蝈蝈的叫声了。两个孩子趴在窗台上一看，小笼子还挂在那儿，可里面的蝈蝈不见了……小笼子上有一个整齐的口子，像是用剪刀剪的。

“它咬破了笼子，逃走了。”老人看着窗外，自言自语地说。

囚　蚁

童年时曾经认为世界上所有的动物都可以由人来饲养，而且所有的动物都可以从小养到大，就像人一样，摇篮里不满一尺长的小小婴儿总能长成顶天立地的大巨人。连蚂蚁也不例外，在歌里唱过“小蚂蚁，爱劳动，一天到晚忙做工”，所以我对地上的蚂蚁特别有好感，常常趴在墙脚或者路边仔细观察它们的活动，看它们排着队运食物、搬家，和比它们大无数倍的爬虫和飞虫们作战……大约是五岁的时候，有一天我和妹妹突发奇想：为什么不能把蚂蚁们放到玻璃瓶里养起来呢？像养小鸡、小鸭那样养它们，给它们吃，给它们喝，它们一定会长大，长得比蟋蟀和蝈蝈们还要大。

这件事情并不复杂。找一个有盖子的玻璃药瓶，然后将蚂蚁捉到瓶子里，我们一共捉了十五只蚂蚁，再旋紧瓶盖。这样，这十五只蚂蚁便有了一个透明整洁的新家。我和妹妹兴致勃勃地观察着蚂蚁们在瓶子里的动静，只见它们不停地摇动着头顶的两根触须，急急忙忙地在瓶子里上下来回地走动，似乎在寻找什么。我想它们大概是饿了，便旋开瓶盖投进一些饭粒，可它们却毫无兴趣，依然惊惶不安地在瓶里奔跑。它们肯定在用它们的语言大声喊叫，可惜我听不见……第二天早晨起来，第一件事情就是看玻璃瓶里的蚂蚁。只见那十五只蚂蚁横七竖八躺在瓶底，安安静静地一动也不动，它们全都死了。我和妹妹很是伤心了一阵，想了半天，得出结论，是因为药瓶里不透气，蚂蚁们是闷死的。（现在想起来更可能是瓶里药味使小蚂蚁们送了命。）

原因既已找到，新的办法便随之而来。我找来一只火柴盒子，准备为蚂蚁们做一个新居。怕它们再闷死，我命令妹妹用大头针在火柴盒上扎出一些小洞眼，用来透气。当时已是深秋，天气有些冷，于是妹妹又有新的担忧："火柴盒里很冷，小蚂蚁要冻死的！"对，想办法吧。在妹妹的眼里，我这个比她大一岁的哥哥是无所不能的。我果然想出办法来：从保暖用的草饭窝里抽出几根稻草，用剪刀将稻草剪碎后装到火柴盒里，这样，我们的蚂蚁客人就有了一个又透气又暖和的新窝了。我和妹妹又抓来一些蚂蚁关进火柴盒里，还放进一些饼干屑，我们相信蚂蚁们会喜欢这个新家。遗憾的是不能像玻璃瓶一样从外面观察它们了。但可以用耳朵来听，把火柴盒贴在耳朵上，可以听见它们的脚步声，这些窸窸窣窣的声音极其轻微，必须在夜深人静时听，而且要平心静气地听。在这若有若无的微响中，我曾经有过不少奇妙的遐想，我仿佛已看见那些快乐的小蚂蚁正在长大，它们长出了美丽的翅膀，像一群威风凛凛的大蟋蟀……

然而我们的试验还是没有成功。不到两天时间，火柴盒里的蚂蚁们全都逃得无影无踪。我也终于明白，蚂蚁们是不愿意被关起来的，它们宁可在墙角、路边和野地里辛辛苦苦地忙碌搏斗，也不愿意在人们为它们设置的安乐窝里享福。对它们来说，没有什么比自由的生活更为可贵。

宽　容

说一句话可以改变一个人的一生，未免有点夸张。但是，在一个人的一生中，确实会有一些观点影响了你的生活，改变了你的人生态度。表现这些观点的，可能是一些闪烁着智慧光芒的格言，也可能是一些平淡无奇，却蕴涵着深刻真理的大实话。

大约在我五六岁的时候，有一次，我和弄堂里的一个小男孩儿发生争执，两个人扭打起来。小男孩打不过我，逃到一扇门里，从门里扔出一块砖头，把我砸得头破血流。我被送进了医院，缝了针，动了手术。小男孩儿的妈妈来我家道歉，小男孩儿眼泪汪汪地跟在他妈妈屁股后面，吓得直打哆嗦。母亲嘀咕了几句，但还是原谅了他们。可是我却怎么也无法原谅这个用砖头砸破我脑袋的小男孩儿，我的心里充满了复仇的念头。我想，我要像古代的那些侠客们一样，一定要“报仇雪恨”，好好惩罚一下这个可恶的小坏蛋。我的头上还包扎着绷带，就非常秘密地开始了我的“复仇”的计划。我准备了一个用粗铁丝做的大弹弓，还找来了一些轴承里的钢珠，每天在晒台上练射击。我在一堵白墙上画了一个丑八怪，然后站在五六步远的地方用钢珠弹。钢珠“嘣”的一下，就在白墙上打出一个小凹坑，很快，白墙上的丑八怪就被我打得坑坑洼洼，面目全非。我很得意地想，只要让我遇到那小坏蛋，我一定能用我的弹弓叫他脑袋开花。我的“复仇计划”被我的父亲发现了。一天早晨，我正在晒台上练弹弓，父亲突然走了上来。他并没有训斥我，也没有没收我的弹弓，而是和颜悦色地问我：“那个孩子用砖头扔你，对不对？”见到我摇头，他又问：“那么，你说，那个孩子是不是坏人？”我想了一下，又摇了摇头。父亲说：“既然你都懂，为什么还要去报复他呢？你想一想，假如你用弹弓弹破了他的头，或者弹瞎了他的眼睛，结果会怎么样？”对一个五六岁的孩子，父亲不可能讲什么高深的道理，但他最后说的那句话，我一辈子也无法忘记，他说：“你要记住，对人宽容，是一种美德。”

宽容这个词，现在已经被人们说得很熟，在40年前，这样的词对一个孩子确实很陌生，但我从父亲那里理解了这个词的意义。父亲告诉我，只要对方不是坏人，那么，就应该对他宽容，不要斤斤计较，即使对方犯了错，甚至伤害了你，也不要老是想着报复。那个用砖头砸破我头的男孩儿，我后来非但没有报复他，还和他交了朋友，我们的友谊一直保持了很长时间。长大后，我越来越体会到父亲这句话的意义。去年夏天

83 岁的父亲突然去世，我站在父亲的身边守灵时，他的声音依然在我耳畔回响。

我们中国人，历来是一个讲究宽容、提倡宽宏大量的民族。但很多人在后来几乎忘记了我们民族的这种优良品德，而是提倡你死我活的斗争，提倡“横扫一切”，似乎我们的政治生活就是人和人之间的争斗，是人整人。结果，便酿出了种种灾难。这灾难不仅危害了国家，也伤害了无数个人。

当然，我们讲宽容，绝不是容忍罪恶和丑恶，对罪恶和丑恶，永远也不能宽容；我们讲宽容，也不是不要竞争，没有竞争，我们的社会就不会进步。这里所说的宽容，是指人与人之间的理解，是人类爱心的另外一种表现方式。爱心应该是博大的，一个心胸狭窄的人，不可能抵达辽阔壮美的人生境界。记得一个西方的哲学家说过这样意义的一段话：人心夹杂着污浊的河流，要使自己身在其中而不被污染，仍然保持着纯洁，只有一个办法——把自己变成大海。我想，这样的思想，和父亲朴实的教诲，其实是一致的。

与象共舞

在泰国，如果你在公路边或者树林里遇到大象，那是一件很自然的事。不必惊奇，也不必惊慌。大象会对你友好地摇一摇它的大耳朵，不慌不忙地继续走自己的路。

象是泰国的国宝，泰国人对大象都有一种异常亲切的感情，人和象之间没有距离。很多次，我和象站在一起，象的耳朵都快拍到我的肩膀了。起初我有些紧张，但看到周围那些平静的泰国人，神经也就放松了。近距离看大象，我发现，大象的表情非常平静，目光也十分温和。和这样的目光相对，你紧张的心情自然就会放松下来。

据说象是一种聪明而有灵气的动物。在泰国，大象用它们的行动证实了这种说法。在城市里看到的大象，多半是一些会表演节目的动物演员。在人的训练下，它们会踢球，会倒立，会做各式各样可笑的姿态。最有意思的是大象为人做按摩。成排的人躺在地上，大象慢慢地从人丛里走过去，它们小心地在人与人之间寻找落脚点，每经过一个人，都会伸出粗壮的脚，在他的身上轻轻地按摩一番。有趣的是，它偶尔也会和人开开玩笑。有一次，我看到一头象用鼻子把一位女士的皮鞋脱下来，卷起就走，把那位躺在地上的女士急得哇哇乱叫。那头大象用鼻子挥着皮鞋，绕着人群转了一圈儿，才不慌不忙地回到那位女士身边，把皮鞋还给了她。接着又面对着她，行了一个屈膝礼，好像是在道歉。那庞大的身体，竟然像一位彬彬有礼的绅士。

最使我难忘的，是看大象跳舞。在欢乐的音乐声中，人群和象群一起翩翩起舞，一片热烈的气氛。跳舞的大象没有一点儿笨重的感觉，它们在音乐中舞蹈，长长的鼻子也在空中挥来挥去，动作和音乐配合得那么好。毫无疑问，它们也和人一样，陶醉在音乐之中了。我想，如果大象会笑，此刻我看到的便是它们独特的笑容。

与时间论道

飞逝的时间啊，请你停一停，来和我喝一杯酒……

一千多年前，一个年轻的诗人仰望着浩瀚苍穹，发出这样奇妙的邀请。他想和时光老人把酒论道，探讨一个问题：有什么办法，使白昼延长，使生命保持勃勃生机。这个诗人，是被人称为“诗鬼”的李贺。这首诗题为《苦昼短》：

飞光飞光，劝尔一杯酒。
吾不识青天高，黄地厚。
唯见月寒日暖，来煎人寿。
食熊则肥，食蛙则瘦。
神君何在？太一安有？
天东有若木，下置衔烛龙。
吾将斩龙足，嚼龙肉，
使之朝不得回，夜不得伏。
自然老者不死，少者不哭。

何为服黄金，吞白玉？

谁似任公子，云中骑碧驴？

刘彻茂陵多滞骨，嬴政梓棺费鲍鱼。

李贺的这首诗，在唐诗中如奇峰突起，无论是形式和内容，都让人觉得新奇，在当时的诗坛曾引起轰动。此诗形式上自由不羁，是没有规律的长短句，想象的奇异和情感的浓烈，不同凡响。今天读，仍然让人感觉新鲜，甚至会心生震撼。将无形的时间人格化，是李贺的创造，他把时间看作一位老朋友，亲切地称之为“飞光”，劝他停步共饮：“飞光飞光，劝尔一杯酒。”

诗人想和时间探讨什么呢？“吾不识青天高，黄地厚。唯见月寒日暖，来煎人寿”，青天黄土，暂且不论，诗人只是在日夜交替中感受到时光的急促和生命的短暂。“煎人寿”，一个“煎”字，凝聚了诗人对生命无情流逝的焦灼和苦痛。“煎人寿”之后的四句，表现了诗人对寿命长短原因的看法，人的肥瘦，生命的长短，关乎食物，没有什么保佑长生不老的神仙。那时，很多人在追求长生不老之道，有人寻仙草，有人炼仙丹，也有人服金吞玉。李贺的看法，在当时也是惊世骇俗的创见。

既无神仙保佑，那么，如何延长生命呢？李贺在诗中继续大胆幻想。他以为，如果能把白天变成黑夜，其实也就是延长了人的生命。《古诗十九首》中，有“昼短苦夜长，何不秉烛游”之句，在黑暗中秉烛夜游，是古人在“苦昼短”时想到的。然而“秉烛游”，并不能缩短黑夜，更不可能把黑夜变成白天。李贺却突发奇想：“天东有若木，下置衔烛龙。吾将斩龙足，嚼龙肉，使之朝不得回，夜不得伏。自然老者不死，少者不哭。何为服黄金，吞白玉？”这里，李贺引用了若木和烛龙两个神话，为我所用，赋予新意。天东面有一棵名叫若木的大树，树下有一条衔烛照明的神龙，烛明则昼，烛暗则夜。如果将烛龙杀而食之，使昼夜不能更替，那么，人就可以不必“苦昼短”，可以一消生死之忧，何必要“服黄金，吞白玉”呢？

《苦昼短》的最后四句，看似思绪缥缈，实际上是对当时俗见的深刻嘲讽：“谁似任公子，云中骑碧驴？刘彻茂陵多滞骨，嬴政梓棺费鲍鱼。”凡人成仙，都是无稽之谈，谁见过得道升天在云中骑驴飘行的任公子？最后两句，李贺又用了两个历史典故。刘彻，就是汉武帝，他生前好神仙长生之道，传说他入殓后香雾萦绕，棺内发出奇响，尸骨飞化升天。李贺认为这是无稽之谈，刘彻墓中遗留的，只是一堆腐烂的凡骨。最后写到了秦始皇。嬴政一统江山之后，为寻求长生不老之术费尽心机，一直寻到东海畔天尽头，结果在那里得病不治而死，时值盛夏，嬴政的尸体运回咸阳时已开始腐烂，为了掩饰腐尸恶臭，在棺材里放了很多鲍鱼，然而无济于事，还是一路臭到咸阳。这首诗写到这里戛然而止，意犹未尽，留给读者丰富幽远的想象空间。

李贺的这首诗，与时间论道，上天入地，谈古论今，说神道鬼，以奇诡的意象议论风生，对生和死发表了独特的看法。杜牧在《李长吉歌诗叙》中评论李贺的诗风“鲸呿鳌掷，牛鬼蛇神，不足为其虚荒诞幻也”，言之极有理。

钱这个东西

在这个世界上，还有什么比钱这个东西更令人困惑呢？

轻轻薄薄几张纸片，却可以将它们换取各种各样的物质，从而改变你的生活，改变你的心情，改变你的地位，改变你的形象。所以塞万提斯感慨："金钱是世界上最坚实的基础。"莎士比亚则一边摇头一边叹息："唉，没办法，只有钱才能使你到处通行。"

是的，在很多人的心目中，钱是最美妙的东西，它能使你傲视天下，使你美梦成真。钱主宰着社会的发展，也主宰着人的感情和意志。当今的那么多伟业和善举，哪一件不和钱连在一起。没有钱，一切豪迈的设想和宏大的计划都是空谈；没有钱，你会在竞争激烈的商场上挺不直腰杆抬不起头；没有钱，你连对付饥饿都无能为力……钱啊钱，难道人类真要永远仰起脑袋来崇拜你？

然而，翻开人类的词典，也可以找到无数对钱的诅咒："金钱是万恶之源！""换取金钱的代价是自由。""钱可以让好人含冤而死，也可以让盗贼逍遥法外。”甚至有哲人大声呼吁：“让我们都蔑视金钱吧！”

事情就是这么不可思议。钱就像一把双刃剑，把它的两面锋刃对着人类道德相悖的两个方面。有时候，钱可以成为成功的标志，对企业家和商人来说，通过合法手段赚得的钱越多，他们的事业就越成功；有时候，钱也可以成为罪行的记录，对那些盗贼和贪官污吏来说，他们偷盗贪污的钱财越多，他们的罪行就越严重，钱可以把他们送进监狱，送上断头台。有时候，钱可以成为高尚和善良的象征，在资助灾区和贫困者的捐款箱前，那些往箱子里投钱的手是多么优美；有时候，钱也可以成为无耻和腐败的佐证，在赌桌上，在妓院里，那些大把撒钱的手是多么丑陋。钱可以使高贵的心灵更显得慷慨，也可以使卑贱的灵魂显露出斑斑劣迹……

拼命追求钱的人，常常被钱压弯了腰，甚至被钱摧毁了人格；鄙视钱的，却也离不开钱，没有钱，便无法得到维持生命的元素。在现代社会，你想遁入荒郊，与自然天籁为伴，靠泉水野果充饥，采树叶柴草蔽体，这是痴人说梦。

钱啊，有人为它笑，有人为它哭，有人为它疯狂，有人为它堕落……

其实，钱本身并无美丑善恶，是发明它的人类在使用操纵它的时候使它发生了种种变异。所以有人感慨：金钱是个好仆人，但是个坏主人。

不错，现代人的生活离不开钱。但是，人类社会如果被一个“钱”字笼罩，被一个“钱”字统治，被一个“钱”字覆盖，那也许是文明的末日。

我相信，有些古老的法则，大概永远不会变化。钱的富有，绝不等于精神的富有；钱的贫乏，也不等于灵魂的贫乏。精神的财富，金钱无法标价，譬如高贵的人格、坚贞的爱情、真挚的友谊、美好而伟大的艺术……

假如你拥有一颗善良、正直而博大的心，那么，不管你腰缠万贯还是囊中羞涩，你的灵魂都可以朗如日月，清如明镜。

假如你欲海无边、贪得无厌，那么，钱总有一天会成为埋葬你的坟墓。

当然，非常遗憾，这个世界，还不会根据人的品格和真正的需要来分配金钱。希望有那么一天，人与人之间没有贫富之分。或者这样：让所有正直勤劳聪明的好人都成为富翁，而那些心怀叵测的卑鄙小人，则与贫穷为伍。也许，这也是痴人说梦。

不过，请记住，在这个世界上，还有比钱更重要、更珍贵的东西。

1995 年 8 月 29 日

人生是一本书

人生是什么？

有人说，人生是一场赛跑，人人都在追赶着自己的目标，一辈子步履匆忙，气喘吁吁，却永远也无法抵达你心中的终点。

有人说，人生是一次旅游，你降临到这个广阔丰繁的世界，一生一世就在天地之间游历。有的人云游四海，浪迹五湖，熟视人间百态，阅尽世事沧桑，有的人却如井底之蛙，穷尽一生，只看见头顶一方狭窄的天空。

有人说，人生是一次赌博，所有的幸福和成就，所有的悲剧和失落，都是赌博的结果。

有人说，人生是一场梦，你身上和你周围发生的一切，喜怒哀乐，荣辱沉浮，都不过是梦境，一切都是虚幻，一切都转瞬即逝。

也有人说，人生是一本书，这本书的作者，就是你本人。

人生是一本书。我欣赏这种说法。

那么，人生是一本怎么样的书呢？有的人一生坎坷，历尽磨难，但他的人生之书却引人入胜，使人百读不厌。有的人飞黄腾达，青云有路，然而他的人生之书却字迹歪斜，不堪卒读。有的人一生平平淡淡，没有跌宕起伏，没有惊涛骇浪，然而他的人生之书却丰富细腻，犹如曲径通幽的花园。有的人一生叱咤风云，指点江山，在生活的舞台上演出了一出又一出万人瞩目的悲喜剧，他们的人生之书却常常含混不清，使读者不得要旨……

每一个人的人生之书都是不一样的，世界上有多少人，就有多少本不同的人生之书，决不会有一本重复。这本书，你天天在写，你周围的人天天在读。只要生命在延续，这本书就要一页一页由你自己往下写，一页一页被世人往下读。

时光不可能倒流，人间也没有后悔药。经历过的事情，无法重复，更无法再来一次。你的人生之书既然已经打开，既然已经翻过去很多页，那么，且不要管翻过去的那些内容，注重即将翻开的新的页码吧。

我想，一个人，如果曾经认真地生活过，追寻过，思索过，真心诚意地爱过，奋不顾身地拼搏过，那么，不管你的地位如何，不管你的境遇如何，不管你是一贫如洗还是万贯缠身，你的人生之书不会苍白虚浮。

我把这本书题名为《人生是一本书》，并非是说这本书就是我的人生之书。收在这本书里的文字，展示了我生活经历中的一些值得回忆的瞬间，也展示了我在这些瞬间和事后的思索。这决不是自传，只是我的人生片段。

会思想的芦苇

最近回到我曾经“插队落户”的故乡，一下船，就看到了在江堤上迎风摇曳的芦苇。久违了，朋友！

芦苇，曾经被人认为是荒凉的象征。然而在我的心目中，这些随处可见的植物，却代表着美丽自由的生命。它们伴随我度过了艰辛的岁月。

从前，芦苇是崇明岛上一种重要的经济作物。芦苇的一身都有经济价值。埋在地下的嫩芦根可解渴充饥，也可入药。芦叶可以包粽子，芦叶和糯米合成的气味，就是粽子的清香。芦花能扎成芦花扫帚，这样的扫帚，城里人至今还在用。用途最广的，是芦苇秆，农民用灵巧的手，将它们编织成苇帘、苇席、芦篚、箩筐、簸箕，盖房子的时候，芦苇可以编苇墙、织屋顶。很多乡民曾经以编织芦苇为生，生生不息的芦苇使故乡人多了一条活路。我在崇明岛“插队”时，曾经和农民一起研究利用地下的沼气来做饭。打沼气灶，也用得上芦苇。我们先在地上挖洞，再将芦苇集束成捆，一段一段接起来，扎成长数十米的芦把，慢慢地插入洞中，深藏地下的沼气，会沿着芦把的空隙升上地面，积蓄于土灶中，只要划一根火柴，就能在灶口燃起一簇蓝色的火苗，为贫困的生活增添些许温馨。在我的记忆中，这是一件无比奇妙的事情。

在艰苦的“插队”生涯中，芦苇给我的抚慰旁人难以想象。我是一个迷恋自然的人，而芦苇，正是大自然馈赠给人类的美妙礼物。在被人类精心耕作的田野中，几乎很少有野生的植物连片成块，只有芦苇例外。没有人播种栽培，它们自生自长，繁衍生息，哪里有泥土，有流水，它们就在哪里传播绿色，描绘生命的坚忍和多姿多彩。春天和夏天，它们像一群绿衣人，伫立在河畔江边，我喜欢看它们在风中摇动的姿态，喜欢听它们应和江涛的窸窣絮语。和农民一起挑着担子从它们中间走过时，青青的芦叶掸我衣、拂我脸，那是自然对人的亲近。最难忘的是它们开花的景象，酷暑过去，金秋来临，风一天凉似一天，这时，江边的芦苇纷纷开花了，那是一大片皎洁的银色。在风中，芦苇摇动着它们银色的脑袋，在江堤两边发出深沉的喧哗，远远看去，犹如起伏的浪涛，也像浮动的积雪。使我难忘的是夕照中的景象，在绚烂的晚霞里，银色的芦花变成了金红色的一片，仿佛随风蔓延的火苗，在大地和江海的交界地带熊熊燃烧。冬天，没有被收割的芦苇身枯叶焦，在风雪中显得颓败，使大地平添几分萧瑟之气。然而我知道，芦苇还活着，它们不会死。在冰封的土下，有冻不僵的芦根，有割不断的芦笋，只要春风一吹，它们就以粉红的嫩芽、以翠绿的新叶为人类报告春天的消息。冬天的尾巴还在大地上扫动，芦笋却倔强地顶破被严霜覆盖的土地，在凛冽寒风中骄傲地伸展开它们那柔嫩的肢体，宣告冬天的失败，也宣告生命又一次战胜自然强加于它们的严酷。我曾经在日记中写诗，诗中以芦苇自比。帕斯卡说“人是一棵会思想的芦苇”。这比喻使我感到亲切。以芦苇比人，不仅喻示人的渺小和脆弱，其实也可以作另外的理解：人性中的忍耐和坚毅，恰恰如芦苇。在我的诗中，芦苇是有思想的，它们面对荒滩，面对流水，面对南来北往的候鸟，舒展开思想之翼，飞翔在自由的天空中。我当年在乡下所有的悲欢和憧憬，都通过芦苇倾吐了出来。

我曾经担心，随着崇明岛的发展和进步，岛上的芦苇会渐渐消失。然而我的担心大概是多余的，只要泥土和流水还在，只要滩涂上的芦根还在，谁也无法使这些绿色的生命绝迹。我的故乡，也将因为有芦苇的存在而显得生机勃发，永葆它的天生丽质。这次去崇明，我专门到堤岸上去看了芦苇。芦苇还和当年一样，在秋风中摇晃着银色的花朵。那天黄昏，我凝视着被落霞渐渐映红的那一大片芦花，它们在天地之间波浪起伏，像涌动的火光，重又点燃我青春的梦想……

莫扎特的造访

此刻，在我写这篇文章的时候，我家正播放着莫扎特的《F大调第一钢琴协奏曲》。妻子在读一本画报，儿子在做功课，音乐对我们全家都没有妨碍，尤其是像莫扎特的作品，我们三个人都可以在音乐的伴奏下做各自的事情。

我曾经告诉儿子，莫扎特写这部作品的时候还不到十岁。儿子睁大了眼睛，惊奇地问："真的？他是天才？""是的，是天才，他是上帝派到人间传播美妙音乐的天才。"我这样回答儿子。

十岁的莫扎特，心里没有任何阴霾，没有忧伤和恐惧，只有对未来的幻想和憧憬。一切都明丽而鲜亮。莫扎特把童年时代的梦幻都倾吐在他的音乐中了。我喜欢这样的音乐在我周围幽幽地回荡。从钢琴上蹦跳出的音符，轻盈而圆润，犹如一滴滴清澈透明的雨珠，从冥冥的天空中落下来，在宁静的空气中闪烁飘荡。你看不见它们，接不住它们，却真切而优美地感觉到它们的存在，感觉到它们在轻轻地拨动你的心弦。它们滴落在任何地方，都会反弹出清幽脆亮的回声。美妙的旋律无所不至，仿佛是春天的微风从草地上拂过，没有什么能躲过那柔情的手指的抚弄。闭上眼睛，你就可以看见那些在微风中颤动的野花，还有在花瓣上滚动的露珠；小小的蝴蝶扇动着它们的彩色翅膀，从这片草叶上，飞到那片草叶上，终于在一朵金黄色的小花上停下来，微微喘息着，让湿润的风吹拂那对美丽的翅膀……

我问儿子，在莫扎特第一钢琴协奏曲的旋律中看到了什么。儿子说："我看见一个金头发的孩子在弹琴。他坐在花园里，身边有很大的喷泉，喷出银色的水花，漫天飞舞。"妻子说："我看见一条小溪在绿色的山坡上流淌，小溪里都是五彩的石头。"儿子笑着总结："有喷泉，也有小溪，还有春天下雨时在树林里听到的声音。"

说完话，我们仍然做各自的事情。除了音乐，家里没有其他声音，然而世界上一切美丽的音响都在我们小小的家中回荡……有莫扎特的音乐陪伴着，家里是多么安静多么美好，连阴郁的天气我们也能感受到阳光灿烂的情调。

莫扎特，谢谢你的造访。

巍峨的托尔斯泰

曾经有报刊给我出题，要我推荐人类有史以来最伟大的十部小说。中国的小说，我首先想到的是《红楼梦》，外国的小说家，第一个出现在脑海里的，就是托尔斯泰。然而选他的哪一部小说，却使我感到为难。《战争与和平》《安娜·卡列尼娜》《复活》，三部小说都是伟大的作品，选任何一部都不会辱没了那个小说的排行榜。我最后还是选了《安娜·卡列妮娜》，不过加了一个说明：托翁的这三部小说，都可以入选。面对托尔斯泰和他的作品，再狂妄自大的家伙，也不敢发出不恭敬的声音。“伟大”这样的形容词，曾经被人用得很随便很泛滥，用来形容托尔斯泰，却是再妥帖不过的。

托尔斯泰的形象，和他的小说，似乎有些对不上号。照片和雕塑中的那个满脸胡子的老人，更像是一个普通的俄罗斯农夫。托尔斯泰是贵族，是大地主，但对贵族的头衔和田地钱财，他看得很轻。他把土地分给农民，让农奴们恢复自由，自己也常常穿着粗布衣衫，操着农具，和农民一起在田野里劳动。但是他的小说中表现的，却是那个时代知识分子的最沉重最深刻的思考，他的小说中展现的宽阔雄浑的场景和丰富多彩的人物，让人叹为观止。他是一个小说家，也是一个哲学家，读他的那些哲学笔记，我也曾被他深邃的思想震惊。不是所有的小说家都在这样锲而不舍地寻找真理，探索人类的精神。他追求的是人与人之间的平等，希望人心向善，希望正义和善良能以和平的方式战胜邪恶。他是一个理想主义者，并用自己的所有的生命和才华去追求这理想，尽管这理想在他的时代犹如云中仙乐、空中楼阁。当然，我更喜欢读他的小说，他的向往和困惑，在小说中化成了有血有肉的人物，化成了让人叹息沉思的曲折人生。

很多年前访问俄罗斯，有一个很大的遗憾，就是没有去看看托尔斯泰的庄园，没有去祭扫一下托尔斯泰的墓。托尔斯泰的墓，被茨威格称为“世界上最美的，最感人的坟墓”。这位大文豪的归宿之地，“只是树林中的一个小小长方形土丘，上面开满鲜花，没有十字架，没有墓碑，没有墓志铭，连‘托尔斯泰’这个名字也没有”，但这却是世上最宏伟的墓地，因为，里面长眠着一个伟大的灵魂。

在当时的苏联作家协会的花园里，有一座托尔斯泰的雕像，他穿着那件典型的俄罗斯长衫，坐在椅子上，表情忧戚地注视着每一个来访者。我在他的雕像前留影时，感觉自己是站在一座巍峨的大山脚下。

2005年11月4日于四步斋

死是可以议论的

路上的梧桐叶被风吹动，发出窸窸窣窣的响声。空中落叶也随风舞动着，飘飘悠悠，如金黄的蝴蝶在夕照中翩跹。如果说，这些落叶象征着一种生命的结束，那么，这种结束是优美动人的，那一片一片金黄，那一阵一阵飘舞，使我感受到生命辉煌的色彩和优美的律动。

牵扯着儿子的小手，在黄叶遍地的香山路散步。儿子还不到六岁，思维却已十分活跃，和他交谈是我生活中的一大乐趣，尤其是在这样的傍晚，在这样寂静无人的路上，有什么声音能比落叶的低语和清脆的童音更动人心魄？

儿子常常会提出一些奇怪的问题，使我难以作答，这时我们父子俩便会很自然地处在一个平等的地位上，对这些问题加以讨论。譬如那天傍晚，我们默默地走着，儿子突然抬头问道：爸爸，你知道死的感觉是怎么样的吗？

死的感觉如何？我不知道。儿子的提问使我大吃一惊。

爸爸，你告诉我死的感觉怎么样？儿子锲而不舍，而且很认真。

我不知道，我只能如实回答，因为我没有死过。

儿子哦了一声，然后莞尔一笑，学着电视节目主持人的腔调大声说：不死不知道，一死就知道！

我们两个人一起开心地笑起来，笑声和落叶一起在静悄悄的路上飘飞。一个关于死的话题居然引出笑声来，我没想到。

爸爸，其实我知道，死就和睡着了一样，对不对？儿子还是想继续死的话题。

我想，死和睡着了不一样。

为什么？

睡着了会做梦，死了不会；睡着了会醒来，死了永远不会再醒。

儿子又哦了一声。没走几步，他又提出一个新的问题：爸爸，假如我死了会怎么样？

我的心里咯噔了一下。小凡笑嘻嘻地等待着我的回答。不，不可能的！我不继续这一话题。

对我的答非所问，儿子显然不满意。他很认真地又把他的问题重复了一遍。

不，你不会死的。

爸爸，你不是说过，每个人都会死的吗？我怎么不会死呢？

是的，儿子讲得不错。我感到真理是在他这一边，看来不能再回避这一话题。于是我向他解释道：是的，每个人最后都难免要死，不过你还小，死离你还很远，你不要去想它。

假如！儿子还固执地坚持他的问题，爸爸，我说的是假如！假如我死了会怎么样？

假如，是的，假如。我只能认真回答了，假如你死了，我会非常悲伤，我永远不会再有快乐。

为什么？儿子瞪大了亮晶晶的眼睛凝视着我。

因为我再也见不到你，再也不能拉着你的手散步、说话。不过，只要爸爸还活着，就决不会让这事发生！接着我问道：假如我死了，你会怎么样？

我会很伤心，会哭，会想念你。

为什么？

因为你死了我就永远没有爸爸了！儿子想了一想，又补充道，不过，我也不会让这件事情发生。我会保护你！

在我们对话的时候，有一个和我们同路的老妇人一直注意地听着。她的表情由惊奇而恐惧。最后，她忍不住瞪着我大声插话了：神经病！跟小囡讲这种话！说完愤然而去，像是在躲避瘟神。

儿子看着老妇人的背影，纳闷地问道：奇怪，她为什么要骂人？

因为，她认为死是不能议论的。小凡，你认为我们说错什么了吗？

没有哇!

是啊，既然死是生命的必然归宿，和孩子谈谈又何妨呢。就在我用一种略带沉重的心情回味着我们父子的对话时，小凡已经挣脱了我的手，在铺满落叶的香山路上奔跑起来，他使劲踢起地上的落叶，一边跑一边快活地笑着，金黄的落叶在他的笑声里飞舞，犹如蝴蝶翩跹……

假如你想做一株腊梅

果然，你喜欢那几株腊梅了，我的来自南方的朋友。

你的钦羡的目光久久停留在我的书桌上，停留在那几株刚刚开始吐苞的腊梅上。你在惊异：那些看上去瘦削干枯的枝头，何以竟结满密匝匝的花骨朵儿？那些看上去透明的、娇弱无力的淡黄色小花，何以竟吐出如此高雅的清香？那清香不是静止的，它无声无息地在飞，在飘，在流动，像是有一位神奇的诗人，正幽幽地吟哦着一首无形无韵然而无比优美的诗。腊梅的清香弥漫在屋子里，使我小小的天地充满了春的气息，尽管窗外还是寒风呼啸、滴水成冰。我们都深深地陶醉在腊梅的风韵和幽香之中。你久久凝视着腊梅，突然扑哧一声笑起来。

“假如下一辈子要变成一种植物的话，我想做一株腊梅。你呢？”

你说着笑着就走了，却留给我一阵好想。假如，你真的变成一株腊梅，那会怎么样呢？我默默地凝视着书桌上那几株腊梅，它们仿佛也在默默地看我。如果那流动的清香是它们的语言的话，那它们也许是在回答我了。

好，让我试着来翻译它们的语言，你听着——

假如你想做一株腊梅，假如你乐意成为我们当中的一员，那么你必须坚忍，必须顽强，必须敢于用赤裸裸的躯体去抗衡暴风雪。你能吗？

当北风在空旷寂寥的大地上呼啸肆虐，冰雪冷酷无情地封冻了一切扎根于泥土的植物的时候，当无数生命用消极的冬眠躲避严寒的时候，你却应该清醒着，应该毫无畏惧地伸展出光秃秃的枝干，并且要把毕生的心血都凝聚在这些光秃秃的枝干上，凝结成无数个小小的蓓蕾，一任寒风把它们摇撼，一任严霜把它们包裹，一任飞雪把它们覆盖……没有一星半瓣绿叶为你遮挡风寒！你能忍受这种煎熬么？

假如你想做一株腊梅，你必须具备牺牲精神，必须毫无怨言地奉献出你的心血和生命的结晶。你能吗？

当你历尽千辛万苦，终于迎着风雪开放出你的小小的花朵，你一定无比珍惜这些美丽的生命之花。然而灾祸常常因此而来。为了在万物肃杀时你的一枝独秀的花朵，为了你的预报春天信息的清香，人们的刀斧和钢剪将会无情地落到你的身上，你能承受这种牺牲么？也许，当你带着刀剪的创痕进入人类的厅堂，在一只雪白的瓷瓶或者一只透明的玻璃瓶里默默完成你生命的最后乐章时，你会生出无穷的哀怨，尽管有许多人微笑着欣赏你，发出一声又一声由衷的赞叹。如果人们告诉你：奉献和给予是一种莫大的幸福，你是否赞同？

假如你想做一株腊梅，你必须忍受寂寞，必须习惯于长久地被人们淡忘冷落。你能吗？

请记住，在你的一生中，只有结蕾开花的那些日子你才被世界注目。即便是花儿盛开之时，你也是孤零零的，没有别的什么花卉愿意和你一起开放，甚至没有一簇绿叶陪伴你。当冰雪消融，当温暖的春风吹绿了世界，当万紫千红的花朵被水灵灵的绿叶扶衬着竞相开放，你的花儿早已谢落殆尽。这时候，人们便忘记了你，春之圆舞曲是不会为你奏响的。

我把做一株腊梅的幸与不幸、欢乐与痛苦都告诉你了。现在，请你告诉我，你，还想不想做一株腊梅。

哦，我的南方的朋友，我把腊梅向我透露的一切，都写在这里了。当你在和煦的暖风里读着它们，不知道你还会不会以留恋的心情，想起我书桌上那几株腊梅。此刻，北风正在敲打着我的窗户，而我的那几株腊梅，依然在那里默默地绽蕾，默默地吐着清幽的芬芳……